KB078666

강한 금강불괴 되다 4

김대산 현대 판타지 소설

초판 1쇄 찍은 날 § 2019년 9월 26일
초판 1쇄 펴낸 날 § 2019년 10월 3일

지은이 § 김대산
펴낸이 § 서경석

총괄팀장 § 노종아
편집책임 § 강민구
디자인 § 소소연

펴낸곳 § 도서출판 청어람
등록번호 § 제387-1999-000006호
등록일자 § 1999. 5. 31
어람번호 § 제1-3049호

주소 § 경기도 부천시 부일로 483번길 40 서경B/D 3F (우) 14640
전화 § 032-656-4452 팩스 § 032-656-4453
http://www.chungeoram.com
E-mail § chungeorambook@daum.net

ISBN 979-11-04-92060-8 04810
ISBN 979-11-04-92031-8 (세트)

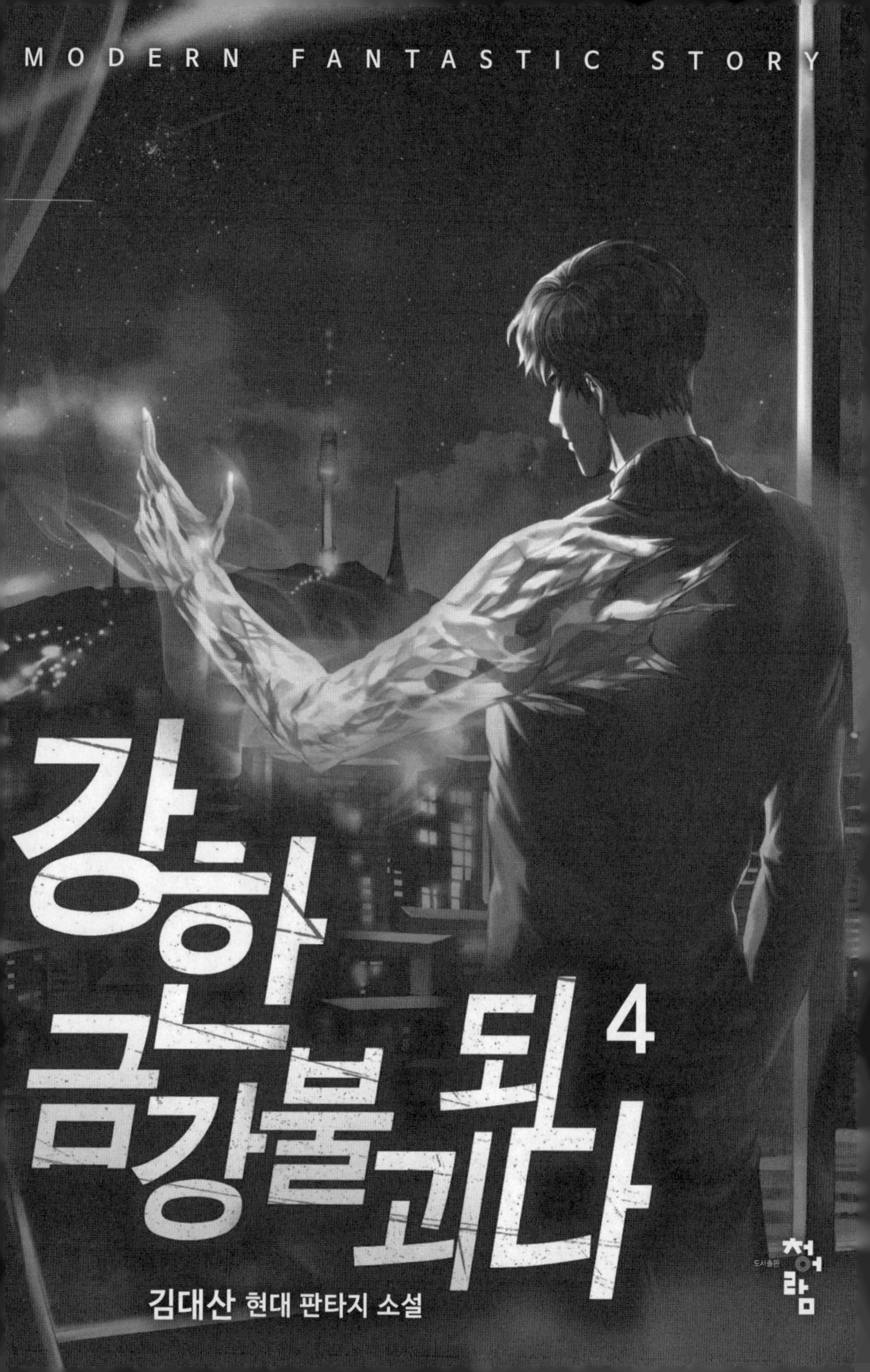
MODERN FANTASTIC STORY
강한 금강불괴 되다
4
김대산 현대 판타지 소설
도서출판 청어람

강한
금강불 되
괴다

Contents

제4부. 전쟁

제6장. 선전포고 ☰ 7

제7장. 포옹 ☰ 27

제8장. 행복 ☰ 63

제5부. 재단

제1장. 이롬 재단 ☰ 93

제2장. 전원일치 ☰ 131

제3장. 종막(終幕) ☰ 157

제4장. 핫라인 ☰ 175

제5장. 정리 ☰ 201

제6장. 개입 ☰ 229

제7장. 한판 ☰ 265

제6장

—

선전포고

너무 고전적인 대사

"이 덩어리 친구, 조직 내에서 위치가 어느 정도인지 한번 물어봐."

김강한의 말에 중산이 아저씨에게 뭐라고 묻고 대답을 듣는 중에 언뜻 중산의 눈빛에 잠깐 이채가 스치는 걸 보고 김강한이 다시 묻는다.

"뭐래?"

중산이 이채를 지우며 차분한 투로 대답한다.

"와카슈(若衆)랍니다."

"와카슈?"

"일반적으로는 행동대원에 해당하지만, 도쿄 지단의 경우에는 그 규모가 큰 만큼 초급 간부급이라고 보시면 됩니다."

"그럼 그 위는 또 뭐야?"

"와카가시라호사(若頭補佐)라고 하는데, 지단에서는 혼부쵸(本部長)라고도 합니다. 지단 단위의 행동대장 격입니다."

"뭐가 그렇게 복잡해? 어쨌든 그 혼부쵸인가 행동대장인가 하는 자 말이야. 이리로 부르라고 해."

그 말에 대해서는 중산이 잠시 스스로를 진정시킨다. 물론 김강한이 처음부터 의도한 바가 바로 이런 것이란 걸 이제는 알겠다. 그리고 그 또한 이미 각오하고 있는 바다. 그러나 생각보다 일이 사뭇 급박하게 번지고 있는 느낌이어서이다. 짧게 한숨을 들이쉬고 난 그가 아저씨를 향해 차갑게 명령한다.

"너희 혼부쵸에게 전화해라."

그러자 놈은 주저하는 기색이 역력하다. 조직을 배신하는 행위라는 생각에서일 터다. 중산이 힐끗 김강한 쪽을 눈짓하며 무거운 투로 덧붙인다.

"괜히 저분의 심기를 거스르지 말 것을 충고한다!"

그러나 이미 '저분'을 겪어본 놈에게 그것은 충고가 아닌 섬뜩한 경고일 터이다. 놈의 얼굴에 새삼 공포가 서리는 게 궁금했는지 김강한이 중산에게 슬쩍 묻는다.

"뭐라고 한 거야?"

"순순히 굴지 않으면 무사하지 못할 거라고 했습니다."

대답의 끝에 중산이 조금쯤 어색한 웃음기를 매단다.

김강한이 또한 엷은 실소를 금치 못한다. 확실히 야쿠자답지 못한(?) 면모가 있다는 생각이 들어서다. 중산 말이다. 야쿠자이던 자의 대사치고는 너무 고전적인 대사가 아닌가?

성동(聲東)의 단계

"너희 혼부쵸가 하타노 맞나?"

그 물음에 놈이 설핏 놀라는 기색이 되는 걸 보고 중산이 덤덤하게 덧붙인다.

"넌 전화만 연결해. 얘기는 내가 할 테니까."

이윽고 전화가 연결된다. 놈이 급하게 몇 마디 하게 두었다가 중산이 재빨리 휴대폰을 낚아챈다. 그리고 사뭇 빠르고도 일방적으로 말을 쏟아내는데, 김강한이 알아듣지는 못하더라도 이번에야말로 제법 거칠고 험하다는 느낌은 받는다. 야쿠자이던 자다운.

"뭐라고 한 거야?"

전화를 끊는 중산에게 김강한이 조금쯤의 기대감을 굳이 감추지 않으며 묻는다.

"너희 꼬붕들이 우리한테 버릇없이 굴어서 약간의 징계를 가했다. 그러니 오야붕인 네가 직접 와서 사과하고 꼬붕들을 데려가라. 안 그러면 열도 전역에다 비겁한 놈이라고 말을 퍼뜨리겠다. 대충 그렇게 말해줬습니다."

그 대답에는 김강한이 다시금 실소를 금치 못한다. 확실히 고전적이다. 실소의 의미를 짐작했을까? 중산이 슬쩍 덧붙인다.

"그런 정도가 적당합니다. 더 이상 지나치게 자극하면 저쪽에서는 곧바로 총을 들고 올지도 모릅니다."

"쩝!"

김강한이 절로 입맛이 다셔진다. 하긴 그렇다. 성동(聲東)의 단계에서부터 총까지 등장하는 건 결코 바람직하지 않은 노릇이리라.

순식간의 일

쫘앙!

누군가 가게 문을 맹렬한 기세로 박차고 들어서는데, 사람보다 먼저 보이는 것은 조명에 시퍼렇게 빛나는 대여섯 자루의 일본도이다.

"전투조(戰鬪組)입니다!"

중산이 무겁게 외친다.

'전투조?'

김강한이 의문을 가지지만, 얼굴 가득 날카로운 긴장을 세

우고 있는 중산에게 물어볼 상황은 아니어서,

'전투를 전문으로 하는 자들이란 건가?' 하고 대강 짐작해 본다. 그러나 그 역시도 더 이상의 여유를 부릴 틈은 없다. 일본도를 앞세운 자들을 앉아서 맞을 수는 없다. 김강한이 급한 대로 근처의 의자 몇 개를 가까이 당겨놓는다. 그리고 빠르게 다가오는 놈들을 향해 발로 의자들을 차낸다.

쿠당탕!

와당탕탕!

요란한 소리를 내며 의자들이 잇달아 날아간다. 그 맹렬한 기세에 당황하며 놈들의 전열이 흐트러지고, 그 틈을 노려 김강한이 곧장 앞으로 치고 나간다. 외단이 발동되고 이어 십팔수가 폭발적으로 풀려 나간다.

핏!

피잇!

팅!

티잉!

베고, 치고, 찔러 들어오는 일본도가 그의 몸 바로 가까이에서 흘려지고, 비껴 나가고, 튕겨 나간다. 그런 중에 김강한의 주먹과 발, 그리고 온몸의 모든 부위가 놈들을 치고, 차고, 들이박는다.

퍽!

콱!

"악!"

"윽!"

당혹과 고통의 비명을 내뱉으며 놈들이 속절없이 고꾸라지고 튕겨 나가떨어진다. 순식간의 일이다.

정말로 통할 수도 있지 않을까?

아찔하다.

그 순식간의 현란함에 중산은 현기증이 날 지경이다.

김강한의 능력에 대해서야 그도 익히 인정하고 있는 바이지만, 지금 눈앞에서 벌어진 광경은 경외(敬畏)롭기까지 하다. 그가 겪어본 사람 중에 신체 능력으로는 가히 최고봉이다.

과연 무작정 요코하마의 나카야마카이 본단으로 치고 들어가자는 말을 할 만하지 않은가? 그리고 정말로 통할 수도 있지 않을까? 그가 말한 격서(擊西) 말이다.

그러나 중산은 이내 다시 부정적이 되지 않을 수 없다.

아무리 놀라운 능력이라고 하더라도 결국 한 개인에 불과하다. 그리고 인간인 이상에는 육탄으로 총탄을 상대할 수도 없다.

서울에서도 이미 겪은 바 있지 않은가? 야쿠자들의 무차별적인 총격에 이렇다 할 저항도 못 해본 채로 속절없이 당하고 말지 않았는가?

그 정도면 좀 다뤄볼 만하겠는데?

　나카야마카이의 도쿄 지단 혼부쵸인 하타노는 휘하에 최정
예 실력자 여섯 명으로 이루어진 전투조 네 개를 거느리고 있
다. 그런 그가 고작 한 개의 전투조만 데리고 온 것은 '아저씨'
로부터 상대가 단 두 명뿐이라고 들은 때문일 것이라고 중산
은 해석한다.
　물론 아저씨는 그 '단 두 명' 중의 하나가 대단한 실력자라
는 말을 분명히 한 것이지만, 그럼에도 하타노가 그 경고를 간
단히 흘려 버린 것은 역시 그의 전투조에 대한 확고한 자부심
때문일 것이다. 단 두 명에 불과한 상대에 대해 전투조를 동
원하는 것 자체가 과하다는 확신에 가까운 자부심 말이다.
　"행동대장쯤 된다고?"
　김강한이 힐끗 눈짓으로 무릎이 꿇린 채인 하타노를 가리
키며 중산에게 묻는다.
　"예."
　"그럼 그 위는 또 뭐지?"
　김강한의 그 질문에는 중산이 속으로 가만히 한숨을 내쉬
고 나서야 애써 담담하게 대답한다.
　"와카가시라(若頭)입니다."
　"와카가… 그건 또 어느 정도나 되는 위치인데?"

"조직 전체의 실질적인 이인자로, 도쿄 지단의 최고 책임자입니다."

"그래? 그 정도면 좀 다뤄볼 만하겠는데? 이리로 불러들여 봐."

김강한의 그런 반응을 이미 예상하고 있던 바임에도 중산은 어쩔 수 없이 다시금 한숨을 내쉬고야 만다. 살 떨리는 한숨이다.

가오(顔)

"너희, 대체 뭐 하는 놈들이냐?"

으르렁대는 소리에 중산이 저도 모르게 흠칫하고 만다. 와카가시라호사이자 나카야마카이의 도쿄 지단 혼부쵸다. 비록 무릎이 꿇려 있지만, 예전 그가 조직에 속해 있을 때는 한참이나 올려다봐야 했던 상위의 신분이다. 비록 이미 조직을 떠났다고 스스로 정리하고 있지만, 그래도 하타노의 신분이 갖는 위엄에는 반사적으로 기가 눌리는 데가 있다. 그러나 그때다.

퍽!

둔탁한 소리와 함께 하타노의 머리통이 앞으로 휘청 엎어진다. 김강한이 그의 뒤통수를 여지없이 후려갈긴 때문이다. 이어 김강한의 발끝이 그의 옆구리를 오지게 찍는다.

"헉!"

하타노의 눈이 하얗게 돌아간다. 김강한이 가만히 지켜보고 있는 중에,

"허… 으… 읍!"

하타노가 끊어진 숨을 겨우 되돌리는데, 얼굴이 고통으로 잔뜩 일그러진 채다. 그러나 그의 표정에는 진저리 치고 있는 고통과는 전혀 별개인 듯이 한 가닥의 엷은 냉소가 걸린다. 김강한의 입매가 설핏 비틀린다.

'가오를 잡아보겠다? 그래, 어디 한번 잡아봐라!'

파파팟!

김강한의 손이 빠르게 하타노의 상반신 몇 군데를 친다. 양손의 검지와 중지를 세워 찌르듯이 하는 것인데, 하타노가 몸을 움찔거리긴 해도 딱히 고통스러운 반응은 아니다.

그런 데 대해서는 하타노 스스로도 설핏 의아함을 떠올리는 기색인데, 김강한이 더 이상 손을 쓰지 않고 테이블로 가서 의자에 앉는다. 그리고 소주 한 잔을 입에 털어 넣고는 이미 식어버린 알탕 국물이지만 느긋하게 한 숟가락을 뜬다.

쓴 입맛을 다시다

"크… 으으!"

하타노의 입에서 신음 소리가 흘러나온다. 창백하게 변한

그의 얼굴에서는 진득하니 진땀이 배어 나오고 있다.

"크으… 으으……!"

신음 소리가 이내 커지더니 하타노의 몸이 경련을 일으키기 시작한다. 격렬한 고통에 겨워하는 모습이 역력하다. 그러나 하타노는 막상 마음대로 몸부림을 치지도 못하고 또 비명조차도 제대로 내지르지 못한다. 그저 어눌하고도 희미한 소리를 흘려낼 뿐이다.

이윽고 하타노의 시선이 김강한에게로 고정된다. 분노나 증오가 아니다. 호소다. 간절한 호소. 그러나 김강한은 하타노의 간절함을 냉랭하게 외면한다. 그럴수록 하타노의 눈빛은 절박함을 더해간다.

김강한이 느긋하게 빈 술잔을 채우고는 입에다 털어 넣는다. 그러곤 코스라도 되는 듯이 알탕 한 숟가락을 뜬다. 미지근하게 식어버린 알탕에 여전히 음미할 만큼의 무슨 맛이 있을까만, 김강한은 짐짓 입맛까지 한번 다시고 난 다음에야 앉은 자리에서 일어선다. 그리고 천천히 하타노에게로 다가간 그가 예의 그 양손의 검지와 중지를 세워 찌르듯이 하는 형태로 하타노의 몸 몇 군데를 쿡쿡 찌른다.

"후~ 아아~ 아아!"

하타노가 길고도 힘겹게 숨을 내뱉는다. 그러더니 다음 순간 그는 펄쩍 뛰듯이 하며 급하게 자세를 바꾼다. 방금까지 그토록 참담하고도 절박한 고통을 호소하던 그인데, 갑자기 어디서 그런 재빠름이 나왔을까? 그러나 그가 무릎을 꿇었다는 점에서, 그리고 그것으로도 모자라 다시 바닥에다 머리를 처박고 조아렸다는 데서 그것은 재빠름이라기보다는 차라리 절박한 몸부림이다. 사력을 다한 몸부림.

하타노가 뭐라고 말을 한다. 물론 일본말이지만 굳이 중산의 통역을 빌릴 필요는 없다. 사정없이 떨려 나오는 목소리만으로도 그가 지금 얼마만큼의 공포에 짓눌려 있는지를 여실히 알 수 있으므로.

전염일까? 자신을 바라보는 중산의 눈빛에서조차 설핏 두려움의 빛이 녹아 있다고 느끼면서 김강한은 내심 쓰게 입맛을 다신다.

전쟁을 선포했습니다!

"타카야마에게 전화하시오."

중산의 그 말에서 하타노는 다시금 완전히 포기한다. 타카야마는 그의 윗선, 즉 도쿄 지단의 총책임자이자 조직의 와카가시라인 인물의 이름이다.

그리고 상대가 지금 사뭇 익숙한 듯이 그 이름을 말했다는 의미는 이 두 사람이 결코 우발적으로 사건을 일으키고 있는 게 아니라 미리 치밀하게 계획을 짜고 있다는 것일 터이다.

이번에도 중산은 하타노가 휴대폰으로 전화를 걸고 짧게

몇 마디를 나누게 한 다음 휴대폰을 낚아챈다. 그리고 또한 일방적으로 제 할 말만 하고 전화를 끊더니 김강한이 묻기도 전에 먼저 보고한다.

"전쟁을 선포했습니다."

전화로 꽤 여러 마디를 한 것치고는 보고가 짧다. 그러나 중산의 표정이 사뭇 결연하다는 것만으로도 충분하다. 김강한이 짐짓 만족스럽다는 반응으로 고개를 끄덕여 준다.

"잘했어!"

당신 먼저 나가!

김강한은 하타노부터 아저씨, 그리고 김태석의 무리 등 붙잡아놓은 모두를 가게 밖으로 내보낸다. 이제 전쟁의 도화선을 당긴 셈이니 그들은 더 이상 활용도가 없다고 할 것이다.

"도쿄 지단의 총력이 움직일지도 모릅니다. 그러니 우리도 즉시 여기를 빠져나가야 합니다."

중산이 잔뜩 긴장한 모습으로 서두는 데 대해 김강한이 짐짓 느긋한 미소를 떠올리며 받는다.

"그럴 수야 있나?"

"……?"

"선전포고를 해놓고 그렇게 치사할 수야 있나? 전쟁하는 흉내라도 내주는 게 최소한의 예의지."

그런 데는 중산의 얼굴이 딱딱하게 굳어지고 만다.

"지금 농담하실 때가 아닙니다! 시간이 없습니다! 저들에게 포위라도 당하면 낭패입니다! 그러기 전에 빨리 빠져나가야만 합니다!"

김강한이 문득 차분한 기색이 된다.

"당신 먼저 나가!"

그 말에는 중산이 차라리 어이없다는 표정으로 되고 마는데, 김강한이 담담하게 덧붙인다.

"아까 여기 올 때 잠깐 들른 한인 마트 있잖아? 그 앞에다 차 대기시켜 놓고 기다려."

중산의 눈빛이 흔들린다. 그러나 그는 감히 토를 달지는 못한다. 김강한이 담담한 중에 단호한 것도 있지만, 그의 능력을 익히 인정하고 있기 때문이다.

중산이 무거운 걸음을 떼는데, 등 뒤에서 김강한이 불쑥 덧붙인다.

"아, 그리고 카운터에서 가게 명함 한 장 챙겨서 가!"

탈출구

김강한은 천천히 자리에서 일어선다. 텅 빈 가게에는 이제 그 혼자뿐이다. 그는 가게 안쪽으로 난 통로 끝에 있는 화장실로 간다.

남녀 공용의 화장실은 자그마하다. 칸막이가 된 공간 두 칸에 소변기가 하나, 그리고 밖을 향해 난 창문이 하나 있다.

미닫이로 된 창문 바깥으로는 방범용으로 설치되었을 쇠창살이 있다. 쇠창살만 아니라면 어른 머리 하나는 거뜬히 빠져나갈 만해 보인다. 흔들어보니 창살이 제법 굵고 외곽 틀도 단단하게 고정되어 있다. 그러나 그가 쇠창살을 잡고 가볍게 내력을 운기하며 잡아당기자 우지끈 하는 소리와 함께 시멘트 부스러기가 우수수 떨어지면서 쇠창살의 외곽 틀이 간단히 뽑힌다. 그는 그것을 완전히 뽑아내지는 않고 살짝 걸쳐둔다. 탈출구다.

김강한이 화장실에서 나오며 문을 살핀다. 안에서 도어 손잡이의 돌출 버튼을 눌러 잠글 수 있는 구조이고, 바깥 손잡이에는 일자(一字) 홈이 있어서 동전 같은 걸 꽂아서 돌리면 열리게 되어 있다.

"잠깐의 시간은 벌 수 있겠네."

김강한이 혼잣말로 중얼거려 본다.

독한 놈들에게는 더욱 독하게!

김강한이 자리로 되돌아와 잠시 앉아 있는 중에 이윽고 바깥에서 소란이 느껴진다.

드디어 올 자들이 온 것일 텐데, 소란 정도로 보아 상당한 숫자인 것 같다. 그리고 아마도 가게 주변을 넓게 포위하는 것 같은 느낌이다.

그렇더라도 김강한은 별다른 긴장감 없이 묵묵히 기다린다. 그렇게 얼마를 더 기다렸을까?

쾅!

가게 출입문이 부서질 듯이 요란한 소리를 내며 열린다. 김강한은 저도 모르게 이맛살부터 찡그린다. 문을 잠가놓은 것도 아닌데 굳이 저렇게 박찰 건 또 뭔가?

저러다 문이 박살이라도 나면 가게 사장의 마음은 얼마나 안타까울 것이며, 그가 배상해야 할 액수는 또 얼마나 늘어날 것인가 말이다.

그러나 쓸데없는 잡념을 이어갈 여유는 없다. 이번 놈들은 일본도를 들지는 않았다. 상대적으로 짧은 칼, 소위 말하는 사시미 칼 종류이다.

그러나 기세는 훨씬 더 악랄하다. 아무런 외침이나 기합 따위도 없이 곧장 치달려 와서는 인정사정없이 찌르려고 덤벼든다. 죽이겠다는 살기가 소름 끼치도록 노골적이다.

김강한은 지그시 이를 문다.

독한 놈들에게는 더욱 독하게.

이미 운기하고 있는 내력이 다시금 그의 온몸을 한 바퀴 휘돈다.

더는 무리를 할 필요가 없으리라!

투투퉁!

경쾌하기까지 한 소리가 나며 선두의 두세 놈이 격렬하게 튕겨 나가 그대로 바닥에 뻗어버린다. 마치 보이지 않는 어떤 강력한 장벽에 호되게 부닥치기라도 한 듯하다. 칠성(七成)으로 발동된 외단의 위력이다.

그런 중에 김강한은 거침없이 사방을 휩쓴다.

퍽!

"악!"

콱!

"컥!"

뼈와 근육이 절단나는 소리와 비명이 참혹하도록 선명하다. 내력이 가미된 십팔수다. 그런데 그때다.

탕!

일성 굉음이 가게 안을 쩌렁하니 떨어 울린다.

총성이다. 가게 출입구 쪽에서 한 놈이 권총을 높이 치켜들고 있다. 공중을 향해 공포를 쏜 것이리라.

김강한이 재빨리 두 걸음을 뒤로 물러난다. 더는 무리를 할 필요가 없으리라. 다음 순간 그의 몸이 뒤로 쭉 미끄러져 나간다. 기묘한 움직임이다. 달음박질을 치는 것도 아니면서 마치 바닥을 미끄러져 나가는 것 같은데, 놀랍도록 쾌속하다.

김강한의 몸이 순식간에 통로 끝까지 가 있다.

심히 부적절한 공상

화장실로 들어선 김강한은 곧장 도어 손잡이의 돌출 버튼을 눌러 문을 잠근다. 동전 같은 걸 찾아야 할 테니 잠시의 시간은 지체되리라.

이어 그는 창문의 쇠창살을 들어낸다.

머리를 들이밀어 보니 역시 판단했던 대로 수월히 들어간다.

삼 층이다. 밑을 보니 제법 높다.

아래에 지나가는 사람이 없는 걸 확인하고 그는 곧장 뛰어내린다. 그리고 가볍게 바닥에 착지한 뒤 행결을 운용하여 달린다.

바람이 귓전을 스친다. 그 스스로 느끼기에도 꽤나 빠르다.

쓸데없는 공상이 뇌리를 스친다.

'이 정도면 올림픽에 나가도 되겠다. 흐흐흐!'

동네방네 소문낼 일 있어?

예의 그 한인 마트 앞에 도착한 김강한은 자동차에 시동을 건 채로 대기하고 있는 중산을 발견한다.

가릉! 가르릉!

폐차 직전의 차라고 하더니 엔진 소리가 귀에 거슬린다.

중산은 잔뜩 긴장한 기색이 역력하다. 연신 주변을 돌아본다. 김강한이 운전석 옆자리로 타며 짐짓 느긋하게 뱉는다.

"출발해."

그 즉시,

부아앙!

폐차 직전의 낡은 엔진이 아예 부서질 듯한 굉음을 내며 차가 급출발을 한다. 김강한이 황급히 안전벨트를 찾아 매며 버럭 소리를 지른다.

"이봐, 동네방네 소문낼 일 있어? 조용히 좀 가! 누가 당장 쫓아오고 있는 것도 아니잖아?"

그 말에 중산이 힐끗 백미러를 살핀다. 정말 누가 쫓아오고 있는지 아닌지 확인이라도 하듯이.

제7장

─

포옹

철옹성

　멀리 바다를 감싸 안은 도심지의 화려한 야경이 보인다.
요코하마다. 김강한과 중산은 요코하마의 중심지에서 멀찍
이 벗어난 외곽의 한적한 주택지에 서 있다. 주변으로 보이는
주택들의 규모가 꽤 큰 것으로 봐서는 부호들이 모여 사는
부촌(富村) 같다.
　그들이 있는 곳에서 이차선 도로를 건너 대저택이 하나 보
인다. 넓은 대지에 높다란 담장으로 둘러싸인 규모가 대단해
서 마치 어둠 속에 하나의 성이 우뚝 서 있는 듯한 위용이다.

바로 나카야마카이의 본부다.

본부에 상주하는 인력은 통상적으로 백여 명에 이른다고
한다. 조직의 운영과 관리를 위한 사무 인력이 이십여 명, 본
부 경호를 위한 경호 인력이 사십여 명, 저택의 관리를 위한
관리 인력이 이십여 명, 거기에다 본부와 각 지단을 오가는
상시 유동 인력이 이십여 명이다. 저택의 내, 외부에는 각종의
감시 카메라와 외부 침입 감지 센서가 설치되어 있고, 무장한
경호원들이 3개 조로 운영되며 24시간 철통 같은 경비 체계가
유지된다.

더하여 만약에 대규모의 기습을 받는 등 긴급한 상황이 발
생할 경우에는 인근의 지단과 계파 조직으로부터 이삼십 분
내에 전투조 열 개, 백여 명 이상의 전투 인력이 출동할 수 있
도록 비상 대처 시스템이 갖춰져 있으니 그야말로 철옹성과도
같은 곳이란다.

대략의 설명을 마치고 김강한을 보는 중산의 눈빛에 새삼
막막함이 서린다.

여기까지 오긴 왔는데, 더 이상은 무엇을 어떻게 해야 할지
정말로 막막하기만 하다.

앞장서!

"가지!"

김강한이 불쑥 뱉는 말에 중산이 제풀에 흠칫 놀라며,

"예?"

하고 반문한다.

"들어가자고!"

"…지금 저기로 들어가자는 겁니까?"

김강한이 설핏 인상을 그린다.

"그럼 여기까지 와서 안 들어갈 거야?"

"그렇지만……."

중산이 말을 맺지 못하고 가늘게 한숨을 내쉰다. 저곳이 얼마나 엄청난 곳인지에 대해 실컷 설명했건만 김강한은 조금도 실감하지 못한 것처럼, 마치 장난이라도 치는 것처럼 가볍게 들어가자고 말하고 있다.

"앞장서!"

김강한이 재촉하듯이 슬쩍 중산의 등을 떠민다. 그 바람에 중산이 내키지 않는 걸음을 억지로 내딛는다.

그거야 당신이 고민해 볼 문제지!

바로 앞에서 바라본 대저택은 느낌이 또 확 다르다. 크고 웅장하기까지 한 대문만으로도 중산이 잔뜩 위압감부터 드는 심정인데, 김강한이 덤덤한 투로 뱉는다.

"일단 안으로 들어간 다음에는 여기 회장인지 보스인지

하는 사람하고 직접 대면하는 자리를 만들어보면 좋겠는
데……."

"어떻게… 말입니까?"

중산이 그렇게 물어볼 수밖에 없는데, 김강한이 가볍게 찡
그리며 툭 뱉는다.

"그거야 당신이 고민해 볼 문제지, 내가 어떻게 알겠어?"

"으음!"

중산이 신음처럼 답답함을 뱉고 만다.

도대체가 무모하기 짝이 없으며 현실성 없는 말이다. 그러
나 그 말이 김강한에게서 나왔고, 또 그에게 임무가 맡겨졌다
는 사실만으로도 중산은 달리 생각해 볼 여지없이 당장의 고
민에 빠져들고 만다. 그런 그를 잠시 지켜보고 있던 김강한이
가만히 덧붙인다.

"내가 잠깐 생각해 본 건데, 초희 씨의 아버지가 당신한테
따로 남긴 유언이 있다고 하는 건 어때?"

"유언이라면 어떤……?"

중산의 반문에 김강한이 버릇처럼 버럭 인상부터 쓰며,

"그거야 나도 모르지."

하고는 다시 슬쩍 말을 보탠다.

"그냥 엄청나게 중요한 내용이 있다고 하는 거야. 그리고 유
언 중에는 초희 씨에게 남기는 내용 외에 아들, 그러니까 여기
보스한테 남기는 아주 특별한 내용도 포함되어 있다고 하는

거지. 그럼 지네 아버지가 남긴 유언이라는데 무슨 내용인지 일단 들어보려고 할 거 아냐? 안 그래?"

그 은근한 설득(?)에 중산이,

"그거야 그럴 법하지만……."

하고 일단 수긍을 해주고는 슬쩍 눈치를 보며 다시 묻는다.

"그런 다음에는 또 어떻게 해야 하는 겁니까?"

김강한이 간단히 고개를 가로젓는다.

"그다음은 나도 진짜 몰라. 어쨌든 당신은 보스하고 대면하는 자리만 만들어보라고. 그다음부터의 일은 내가 어떻게든 해볼 테니까."

그 단순한 무작정에, 그리고 무책임함에 중산은 어쩔 수 없이 또 한숨을 내쉬고 만다.

막무가내

뚜!

대문에 달린 벨을 몇 차례 눌렀지만, 안으로부터는 아무런 반응이 없다. 분명 감시 카메라 화면으로 바깥의 상황을 체크하고 있을 텐데 말이다.

"비켜봐!"

김강한이 중산을 뒤로 물러나게 하고는 주먹으로 대문을 두드린다.

쾅! 쾅! 쾅!

그제야 인터폰으로부터 날카로운 느낌이 확연한 목소리가 흘러나온다.

누구냐고 묻는 것이리라. 중산이 뭐라고 대답할지 망설이는 중에 김강한이 이번에는 아예 발로 대문을 차기 시작한다.

쾅! 쾅! 쾅!

그때다.

지이잉!

철컥!

잠금장치 풀리는 소리가 나더니 가벼운 금속성과 함께 왼쪽의 쪽문이 열린다. 그러고는 안으로부터 곧장 사내 둘이 뛰쳐나온다.

"뭐 하는 새끼들이야?"

일본말이지만 대충 그렇게 외친 것이리라. 어쨌든 중산의 통역은 필요치 않다.

퍼퍽!

두 사내의 관자놀이에 김강한의 주먹이 잇달아 꽂힌다. 사내들이 수월하게(?) 무너지도록 한 걸음을 뒤로 물러섰다가 다시 앞으로 나아가며 김강한이 느긋하게 쪽문 안으로 들어선다.

중산이 저도 모르게 다시금 한숨을 내쉬며 고개를 가로젓는다.

가히 막무가내다. 처음부터 이렇게 나가서는 안 된다는 생각이긴 하지만, 김강한은 벌써 저만큼 앞에서 성큼성큼 걸음을 옮기고 있다.

'이제부턴 나도 모르겠다.'

중산이 복잡하게 일어나는 생각들을 일도(一刀)에 잘라 버리고 황급하게 쪽문을 통과한다.

이제부턴 당신 차례야!

대문 안쪽은 잔디가 곱게 깔린 꽤 넓어 보이는 정원이다. 잔디 사이로는 촘촘하게 검은색의 디딤돌이 놓여 있다. 그리고 정원 너머로는 몇 채의 전각이 서 있는데, 사뭇 고풍스러운 모습이어서 마치 옛날의 일본 전국시대쯤으로 들어온 것 같은 느낌이 드는 데가 있다.

앞쪽에서 십 수 명의 사내가 빠르게 달려오고 있다. 대문에서 벌어진 사달이 전해진 것이리라.

그런데 무리의 앞장에 선 중년 사내가 중산을 알아본 듯하다. 무리를 멈추게 하더니 중산을 향해 삼엄한 기색으로 뭐라고 외친다.

긴장으로 잔뜩 굳었는지 중산이 미처 대답을 하지 못하는 것을 김강한이 툭 옆구리를 건드린다.

"뭐래?"

그제야 중산이 딱딱하게 굳은 얼굴로 나직하게 입을 연다.

"본부 경비 책임자인데, 감히 소란을 일으킨 것에 대해 명확히 소명하지 않으면 생사를 책임지지 못한답니다."

"당신하고는 아는 사이인 것 같은데?"

"예. 전에 선대 회장님을 뵈러 몇 번 이곳에 온 적이 있는데, 그때 만난 적이 있습니다."

김강한이 고개를 주억거린다.

"좋아, 이제부턴 당신 차례야."

그러고는 김강한이 아예 시선을 멀리 전각들 쪽으로 둔다. 마치 관광차 온 사람인 것처럼. 중산과 그 중년 사내 사이에 다시 말이 오가는데, 자못 심각하고도 날카롭다. 그러기를 잠시,

"몸수색을 해야겠답니다."

그 말을 하면서 중산이 지레 걱정 가득한 얼굴이다. 김강한이 순순히 몸수색에 응할지, 아니면 또 어떻게 튈지 모르겠다는 염려에서일 것이다. 그러나 김강한이 설핏 인상은 썼을망정 간단히 두 팔을 위로 든다. 순순히 몸수색에 응하겠다는 표시다.

조건 추가

중산과 김강한이 사내들에게 둘러싸이다시피 해서 이끌려

간 곳은 어느 전각 안의 대청이다. 붉은 카펫이 깔린 넓은 공간의 끝 즈음에는 커다란 통나무 탁자가 하나 놓여 있다. 그리고 다시 그 뒤, 일인용이라기에는 지나치게 커 보이는 안락의자에 한 인물이 앉아 있다.

나카야마 마코토.

나카야마카이의 현 회장이자 진초희와는 이복 남매지간이라는 인물이다. 그는 사십 대 중후반의 나이에 비대하달 정도로 굵고 두툼한 몸집을 지닌 거구다. 역시나 살집이 두툼한 얼굴에서는 살에 파묻힐 듯한 두 눈이 겨우 좁은 틈을 내고 있는데, 그것은 한편으로 그를 둔해 보이게 하지 않고 오히려 교활하고도 냉혹한 인상으로 보이게 하는 데가 있다.

차갑게 가라앉은 느낌의 눈빛으로 잠시 중산과 김강한을 훑어보던 나카야마 회장이 가볍게 고개를 끄덕인다. 중산을 향해서이고, 선대 회장이 남겼다는 유언에 대해 말하라는 뜻일 터이다.

김강한은 가만히 외단의 활성도를 높인다. 더 이상 시간을 끌 필요는 없다. 회장을 제압하여 인질로 삼는 것, 그것이 그가 설정한 계획의 정점이다. 그런데 그가 막 몸을 튕겨 나가려 할 때다.

와락!

중산이 그의 옷자락을 잡아당긴다.

"왜?"

느닷없는 짓(?)에 김강한이 화를 감추지 않은 채로, 그리고 굳이 소리를 죽이지도 않은 채로 묻는다. 그러나 중산은 긴장이 역력한 중에도 침착하다.

"조건 하나를 추가로 제시하려고 합니다."

"뭔 소리야?"

"선대 회장님의 유언은 초희 아가씨와 함께 들어야만 한다고 하겠습니다."

"그걸 왜 이제 말해?"

김강한이 있는 대로 인상을 쓴다. 그러나 막상은 고민할 것도 없이 곧바로 고개를 끄덕인다.

중산의 그 조건이 통하기만 한다면야, 그래서 저들이 진초희를 이곳에 데리고만 온다면야 상황을 훨씬 더 유리하게 전개시킬 수 있을 것이니 말이다.

명분

"초희 아가씨와 회장님이 함께 있는 자리에서 공개를 하라는 것이 선대 회장님의 뜻입니다."

중산의 그 말에 돌아온 것은 나카야마 회장의 차가운 코웃음이다.

"흥!"

그러나 중산은 전혀 흔들리지 않는 모습이다. 아니, 그는 지금 흔들리지 않으려 사력을 다해 버티고 있는 중이다.

"저는 선대 회장님의 유지를 받들기 위해 제 한목숨을 바칠 결의가 되어 있습니다. 저같이 미천한 놈에게 마지막 유지를 맡기신 선대 회장님의 믿음을 결코 저버릴 수 없기 때문입니다."

중산의 나직하나 단호한 목소리가 잔잔히 대청을 울린다. 그가 죽음까지 각오한 모습도 비장하지만, 선대 회장의 유지를 지키겠다는 명분 또한 뚜렷하다.

결국 좌중에 함께 있던 나이 지긋해 보이는 한 인물이 나카야마 회장에게로 다가가 조심스럽게 의견을 내는 모습이다. 나중에 알게 되었지만, 사테이가시라(舍弟頭)이자 회장의 상담역을 맡은 인물이다. 어쨌거나 나카야마 회장은 이윽고 마지못한 듯이 수긍한다.

재회

늘씬한 자태의 여인 하나가 대청의 옆문으로 들어서고 있다.

그녀다. 진초희.

김강한은 가슴이 뭉클하다. 반가움인가? 그토록 그리웠던 걸까? 스스로의 심정을 가만히 관찰해 보는 것으로 그는 애써 감정을 추스른다.

그녀의 시야에서는 김강한이 측면으로 서 있다. 그 때문에 그녀는 정면으로 보이는 중산을 먼저 발견한 듯하다. 놀람과 반가움, 그리고 이내 다시 걱정. 그녀의 표정이 짧은 순간 빠르게 몇 번의 변화를 거친다.

중산이 반가움의 감격을 감추고 가볍게 눈짓한다. 그 눈짓을 보고서야 김강한 쪽으로 시선을 준 그녀가 저도 모르게 '아!' 하고 나직한 탄성을 흘려내고야 만다. 그 희미한 탄성에서는 다시금의 놀람과 반가움에 더해 찰나의 불꽃 같은 희열의 느낌이 녹아 있다. 순간 환하게 밝아지는 그녀의 표정이 그것을 여실히 말해주고 있다. 김강한이 또한 순간의 희열을 느낀다.

'내 여자다!'

괜한 자부는 아니다. 방금 그녀가 중산에 대해 걱정스러운 기색인 것을 본 터다. 그런데 왜 자신을 보고는 걱정이 아닌 희열인가?

이런 긴박하고도 험악한 상황에서도 그를 보고 희열의 표정이 될 수 있다는 것은 곧 그를 절대적으로 믿는다는 것이리라.

자신의 남자가 무슨 수를 써서라도 자신을 구해주리라는 것을 조금의 의심도 없이 믿는다는 것이리라.

한 남자가 한 여자로 인해 느낄 수 있는 희열 중에 그것보다 더 큰 희열은 또 없으리라.

나아가 김강한은 뜨겁고도 짜릿한 교감까지를 느낀다. 한 순간 그녀의 속으로 온전히 들어가 그녀의 따뜻한 체온과 또 감미로운 영혼과 합일을 이룬 것만 같다. 마치 사정의 순간처럼 온몸이 부르르 떨리는 경련에 그는 저도 모르게 두 눈을 질끈 감았다가 뜬다.

'아아!'

가장 좋은 기회

김강한은 가만히 인상을 쓰고 만다. 그녀의 얼굴이 몹시도 수척하게 변해 있는 때문이다.

그러나 그는 다시 애써 무표정을 만든다. 이 판국에 굳이 감정을 드러내어서 유리할 건 조금도 없겠기에.

그녀 역시도 그의 무표정에서 이내 상황을 파악했는지 애써 차분한 기색으로 돌아간다.

김강한은 이윽고 그녀에게서 아예 시선마저 돌려 버린다. 그러나 나카야마 회장에게로 다가가는 그녀의 걸음 하나하나에 온 신경을 집중한 채다.

그녀가 이윽고 나카야마 회장에게 가까워지는 그 순간이 그에겐 가장 좋은 기회가 될 것이다.

그녀의 안전을 확보하는 동시에 나카야마 회장을 인질로 잡을 수 있는.

제압

한순간 김강한이 움직이기 시작한다. 바람처럼 가볍게, 그러나 번개 같은 질주다.

순식간에 나카야마 회장과의 거리를 좁힌 김강한이 간단히 회장의 혈도 몇 군데를 제압한다.

그리고 그때쯤에서야 대청 내의 모두가 화들짝 경악하며 일제히 김강한을 향해 반응하기 시작한다. 그러나 그 순간이다.

쾅!

벼락이 치는 듯한 굉음이 대청의 공기를 부르르 떨어 울린다. 김강한이다. 그가 회장의 앞에 놓인 커다란 통나무 탁자를 주먹으로 내려친 것이다.

그런데 그 맨주먹 일격에 육중한 질감의 탁자가 그대로 두 동강으로 부서져 내리며 폭삭 주저앉아 버린다.

가히 괴력이라고 할 수밖에 없는 그 엄청난 힘에 대청의 모두가 경악하며 그대로 얼어붙고 만다.

포옹

김강한은 가만히 진초희의 손을 잡아당긴다. 그녀의 손이 가늘게 떨리고 있다. 김강한이 조금 더 힘을 주자 그제야 그녀의 떨림이 진정되며 그에게로 안겨든다.

그가 그녀의 허리를 감아 가만히 끌어당기자, 그녀는 갈증이라도 호소하듯이 그의 품속을 파고든다. 포근하고도 따뜻한 체온이 전해온다.

뜨거운 포옹이다.

절망적인 상황과 절박한 위협에 처한 한 여자와 그 여자를 구하려고 이국(異國)의 살벌하고 위험천만한 적진 한가운데로 무작정 뛰어든 한 남자의 포옹이다.

여자의 눈에서는 이윽고 한 가닥 뜨거운 눈물이 흐르고, 남자는 그런 여자를 더욱 힘주어 안아준다.

지금 이 순간 주변의 초긴장과 치열하도록 날카로운 시선들은 그 남자와 여자에게는 아무런 상관도 없다.

차라리 편하게 수긍할 수 있겠다

"아……!"

진초희가 신음처럼 나직하게 뱉는다. 절망이다. 대청으로 이십여 명이 새롭게 들이닥치고 있는데, 권총과 자동소총으로 중무장한 전투조이다.

김강한이 가만히 진초희를 품에서 떼어내고는 손을 이끌어 나카야마 회장의 안락의자 뒤로 돌아간다.

그러는 사이에 중산은 전투조의 총구 앞에 속절없이 두 손을 든다. 그러나 제압을 당하면서도 그는 차분하고도 담담한 모습이다.

'여기까지다!'

중산은 차라리 편하게 수긍할 수 있겠다는 심정이다. 여기까지가 그가 할 수 있는 최선이다. 할 만큼 한 것이다. 이제부터는 상황이 어떻게 전개가 되건 그건 그가 감당할 수 있는 범주를 넘어선 것이다. 그는 얼굴에 한 가닥 희미한 미소를 떠올린다.

'후회는 없다!'

그는 한편으로 차라리 만족스럽기까지 하다. 자족(自足)이랄까? 이곳에 들어올 때 이미 죽을 각오를 했지만, 좀 전 김강한이 나카야마 회장을 제압하고 또 진초희의 신변을 확보한 데서는 그것이 비록 잠시간에 불과할지라도 이제는 정말로 기꺼운 마음으로 죽을 수 있겠다는 생각을 해보는 것이다.

결코 허세가 아니다

"어이!"

소리쳐 부른 것은 김강한이다. 중산이 반사적으로 김강한 쪽을 본다. 물론 김강한의 그 한 마디는 굳이 통역할 것도 없는 것이다.

그런데 다시 그때다.

"모두 멈춰!"

일본어다. 사테이가시라, 회장의 상담역인 바로 그 인물이다. 그리고 그것이 사뭇 다급한 외침이며, 또한 일제히 총기를 겨눈 채로 김강한과 나카야마 회장 쪽으로 접근하고 있는 전투조에게 내리는 명령이라는 데서 중산은 설핏 의아해진다.

그런 중에 장내의 상황이 일변하고 있다. 사테이가시라의 명령 즉시 전투조를 포함해서 대청에 있는 모두가 움직임을 멈춘다. 그리고 다시 한번 김강한 쪽을 보고 나서야 중산은 이해하게 된다. 그러한 변화가 무엇 때문인지를.

나카야마 회장을 일으켜 방패처럼 앞에 세운 채로 김강한의 주먹이 회장의 머리를 겨누고 있다. 그 뜻인즉 누구라도 함부로 움직이면 일격에 회장의 머리를 박살 내버리겠다는 것이리라.

그리고 김강한이 조금 전에 맨주먹의 일격으로 그 육중하던 통나무 탁자를 간단히 두 동강 내서 주저앉혀 버리는 가히 경악스러운 괴력을 과시한 만큼 지금 그의 시위는 결코 허세가 아닌 것이다.

중산은 위로 치켜들고 있던 두 손을 천천히 내린다. 그리고 그를 향해 겨누고 있는 총구 몇 개를 간단히 옆으로 밀쳐 버린다.

"내 말, 회장에게 통역해."

김강한이 나직하게 말한다. 진초희에게 하는 말이다.

"죽고 싶지 않으면 부하들한테 모두 총기 바닥에다 내려놓으라고 해."

진초희가 가늘게 떨리는 목소리지만 꿋꿋하게 통역을 한다. 이어 김강한이 제압해 놓은 나카야마 회장의 아혈을 풀어준다.

"후우!"

회장이 답답한 숨통부터 틔워내더니 김강한을 노려보며 차갑게 뱉는다.

"여기가 어떤 곳인지 모르나? 내가 누군지 몰라? 이런 가소로운 짓거리에 내가 눈 하나라도 깜빡할 것 같나? 이봐, 너야말로 살고 싶으면 이쯤에서 그만 항복해라! 순순히 항복하면 목숨은 살려준다고 내 약속하지!"

갑작스러운 상황을 당했음에도 그 목소리가 카랑카랑하다. 그리고 회장의 그런 당당함에 대청의 분위기가 다시 변한다. 주춤거리던 자들의 기세가 다시 살기등등하게 살아난다. 중산에게로 재차 총구가 겨누어지고, 또 일부는 김강한을 향해 재빨리 거리를 좁혀온다.

"그래? 그럼 어디 한번 볼까? 정말로 눈 하나 깜빡 안 하는지."

김강한이 차갑게 웃으며 뱉는 그 말에 대해서 진초희는 미처 통역을 하지 못한다. 그 전에 김강한이 그야말로 번개 같은 손속으로 나카야마 회장의 목과 등 부위의 몇 군데를 친 때문이다.

십여 초에 불과한 시간

나카야마 회장의 얼굴이 곧장 시뻘겋게 변하고 있다. 고문술이다. 최단 시간 내에 극한의 고통을 주는 수법이며, 그만큼 후유증이 남을 여지가 큰 악독한 수법이기도 하다. 그러나 지금 상황에서 김강한이 인정을 둘 여지는 없다.

"흐으… 으으……!"

나카야마 회장에게서는 금세 짓눌린 신음 소리가 새어 나오더니 그것은 이내 참담한 비명 소리로 바뀐다.

"끄으… 아아악!"

그런데 악을 쓰듯이 비명을 질러대면서도 나카야마 회장은 막상 꼿꼿한 자세를 조금도 흐트리지 않은 채로 안면 근육만 마구 뒤틀리고 있다. 그것이 마혈을 제압당해 있는 까닭임을 모르는 이들에게 그 광경은 참혹한 중에 다시 기이하기까지 하다. 신중하게 다가들던 전투조들이 다시금 그 자리에 멈춰 선다.

무심히 지켜보고 있던 김강한의 손이 한 차례 빠르게 나카

야마 회장의 몸을 두드린다. 그러자 땀과 눈물에 콧물까지 뒤섞여 온통 범벅이 된 얼굴의 나카야마 회장은,

"으… 흐흐… 흐… 흑!"

마치 흐느끼는 듯한 소리를 흘려낸다. 그러더니 다시,

"후아~ 아아~ 아~!"

하고 긴 숨을 토해낸다. 지옥의 고통에서 해방된 안도와 안락이리라. 사실 십여 초에 불과한 짧은 시간이었다.

그러나 당사자인 나카야마 회장에게는 영겁과도 같은 시간이었으리라.

모두 시키는 대로 해!

"모두 총기를 바닥에 내려놓는다!"

김강한의 그 말을 이번에는 진초희가 재빨리 통역한다. 그리고 김강한이 툭 가볍게 어깨를 건드리는 것만으로도 나카야마 회장이 질겁하며 다급하게 소리친다.

"모두 시키는 대로 해!"

대청의 기류에 잠깐의 출렁거림이 있지만, 결국 전투조 모두가 총기를 바닥에 내려놓는다.

"모두 뒤로 물러나! 대청 끝까지!"

통역하는 진초희의 목소리에 힘이 붙으면서 사뭇 낭랑하기까지 하다.

그리고 그 명령에 대해서는 대청의 누구도 지체하지 못하고 일제히 뒤로 물러난다.

오히려 더욱 자유로워지리라!

중산이 바닥에 놓인 총기 중에서 권총 두 자루를 집어 들어 허리춤에 찔러 넣는다. 그러곤 다시 자동소총 두 자루를 더 챙겨 들고는 김강한의 곁으로 와서 선다.

김강한은 승용차 한 대를 준비시키라고 요구한다. 나카야마 회장이 감히 거부하지 못하고 부하 하나를 불러서 무조건 요구를 들어주라고 지시한다.

"초희 씨."

잠시 기다리는 중에 김강한이 가만히 부르는 소리에 진초희의 눈빛이 반짝인다. 그가 이렇게 직접 자신의 이름을 불러주는 건 처음이다. 그러나 김강한이 이어,

"당신은 중산과 함께 먼저 가!"

하고 말한 데 대해 그녀는 화들짝 놀라며 두 눈이 커지고 만다. 그리고 다시 고개를 크게 가로젓는 그녀의 두 눈이 금세 촉촉해진다.

"안 돼요! 당신을 남겨두고 갈 수는 없어요.! 당신과 함께가 아니라면 나도 가지 않을래요! 다시는 당신과 떨어지고 싶지 않아요!"

눈물을 그렁거리면서도 아예 단호한 그녀의 모습에 김강한은 가슴이 먹먹해진다. 그렇더라도 그는 애써 그녀를 외면하고 중산에게로 시선을 준다.

"내가 회장을 잡고 있는 동안 당신은 초희 씨를 데리고 나가! 난 당신들이 안전해진 걸 확인한 후에 뒤따라갈게!"

중산이 또한 잔뜩 얼굴을 굳히더니 이내 무겁게 고개를 끄덕인다. 김강한의 말에 대해 지금으로선 그것이 최선의 방법임을, 아니, 유일한 방법임을 아는 까닭이다. 무엇보다도 그는 김강한의 능력을 믿는다. 그와 진초희가 먼저 빠져나가고 난 뒤 김강한 혼자라면 오히려 더욱 자유로워지리라는 것을.

"우리 차가 있는 곳에서 기다리겠습니다."

중산이 씹어뱉듯이 힘겹게 말을 꺼낸다. '우리 차'는 그들이 도쿄에서부터 타고 온 그 고물 차를 말하는 것이리라.

또 약속해요!

"오래 기다리지는 마. 거기서 못 만나면 내가 나중에 전화할 테니까."

김강한이 싱긋 웃으며 농담처럼 말한 데 대해 중산이 노려보듯이 김강한을 응시한다. 그러나 그는 다시 시선을 돌려 진초희를 본다. 그런 그의 눈빛이 결연하다. 굳이 말로 하는 것보다도 더욱 절절한 설득과 호소가 녹아 있다. 진초희가 이윽고는 눈물을 추스른다. 그리고 김강한을 향해 사뭇 야무진 표정을 만든다.

"약속해요! 무사히 뒤따라오겠다고!"

김강한이 담담하게 고개를 끄덕이며 대답한다.

"약속할게."

진초희가 다시 말한다.

"또 약속해요. 지금 이후로 다시는 내게서 떨어지지 않겠다고."

김강한이 희미하게 웃으며 다시 고개를 끄덕인다.

"그것도 약속할게."

진초희가 마주 고개를 끄덕인다.

"좋아요. 당신이 그 약속을 반드시 지키리라고 믿어요. 당신을 믿어요."

순간 김강한이 뭉클해지기에 얼른 그녀에게서 시선을 피한다.

이제 가!

바깥에서 차량이 준비되었다는 보고가 전해진다.

"그거 하나 줘봐."

김강한이 불쑥 손을 내미는데, 그의 눈길이 자동소총에 가 있는 걸 보고 중산이 들고 있던 두 자루 중의 하나를 건넨다. 김강한이 자동소총을 받아서 잠시 살펴보고는 총구를 허공으로 해서 가볍게 방아쇠를 당겨본다.

타타타탕!

대여섯 발이 연발로 발사되면서 대청의 천장과 벽에서 뿌옇게 먼지와 파편이 튄다. 한번 쏴본 것이다. 그가 군필자이긴 하지만 처음 보는 형태의 총이었으므로.

김강한이 나카야마 회장의 마혈을 풀고 앞장세워 대청 바깥으로 향한다. 그 뒤를 중산과 진초희가 바짝 붙어 따른다.

전각 앞에는 검은색의 승용차 한 대가 시동이 걸린 채로 서 있다. 그 앞쪽 너머로 활짝 열린 대문이 보인다. 김강한이 자동소총의 총구를 나카야마 회장의 등에다 댄다. 그리고 한쪽 손으로는 휴대폰을 꺼내서 머리 위로 들어 보이며 외친다.

"경고한다! 서툰 짓 하지 말 것! 그리고 차량을 추적하지 말 것! 만약 추적한다는 얘기가 들리면 그 즉시 회장의 몸에 총알구멍을 내준다!"

중산이 또한 외치며 통역하는 동안, 사방에는 긴박한 침묵만이 감돈다.

"이제 가!"

김강한의 나직한 말에 중산이 차의 뒷문을 열고 진초희에게 먼저 탈 것을 권한다.

그녀가 잠시 김강한을 응시한다. 그런 그녀의 눈빛 속에서 김강한은 읽을 수 있다. 그녀가 다시 한번 좀 전의 그 두 가지 약속에 대해 확인하고 있음을. 그는 가만히 고개를 끄덕여 준다. 그녀가 또한 고개를 끄덕여 보이고는 이윽고 차에 오른다. 차 뒷문을 닫고 중산이 재빨리 운전석으로 오른다.

부아앙!

차가 급가속을 하며 튕기듯이 앞으로 쏘아 나간다. 그리고 이내 대문을 통과하며 시야에서 사라져 간다.

수류탄

진초희와 중산이 탄 차가 시야에서 완전히 사라지고 나서도 김강한은 한동안을 더 그쪽으로 망연한 시선을 주고 있다.

그런데 그때다. 지금껏 축 늘어진 어깨로 힘없이 서 있던 나카야마 회장이 돌연 옆으로 몸을 던지더니 그대로 바닥을 굴러 나간다. 방금까지의 모든 것을 포기한 듯한 모습과는 판이하게 다른 민첩함이다. 연이어,

타타탕!

타타타탕!

가까이에서 몇 자루의 자동소총이 불을 뿜으며 무거운 침묵 속에 잠겨 있던 대기를 소스라치게 일깨운다. 김강한이 반사적으로 외단을 응축시키며 들고 있던 자동소총으로 응사한다.

타타타탕!

그러나 다시 사방 십여 곳에서 자동소총이 일제히 불을 뿜는다.

타타탕!

타타타탕!

타타타타탕!

외단에 맹렬한 충격이 작렬한다.

투두~ 두두~ 둥!

몸의 곳곳에서 근육이 찢어지고 파열되는 듯한 격통이 무수히 생겨난다. 김강한은 나카야마 회장을 추격하기를 포기하고 급급히 반대쪽으로 몸을 날린다. 보결을 운용하여 지면을 미끄러져 가는 그를 향해 총격이 집중된다.

타타탕!

타타타탕!

타타타타탕!

'지금쯤이면 그들은 어느 정도쯤 안전거리를 확보했을 것이다.'

어른 키 높이의 정원석을 잠시 방패 삼아 생각을 정리하는 한편으로 김강한은 재빨리 주변의 형세를 살핀다. 후방의 전각까지는 이십여 미터쯤. 그리고 그 거리 안에 키 큰 나무 한 그루와 다시 두 개의 정원석이 있다. 그것들을 적절히 이용하고 행결을 쓴다면 적들의 집중사격을 피해 전각의 뒤편으로 돌아갈 수 있을 것이다. 그런데 그렇게 그가 대강의 계산을 마쳤을 때다.

콰앙!

갑작스러운 굉음과 함께 등 뒤로부터 지축이 흔들리는 듯한 충격파가 그를 휩쓸어온다.

'수류탄?'

전신의 살갗이 갈가리 찢기는 듯한 느낌 중에도 그는 찰나적으로 짐작해 본다. 이어 그는 세차게 머리를 흔들어 혼미해지려는 정신을 일깨운다. 주변이 자욱한 흙먼지로 뒤덮이고 있다.

'살상반경 십 미터! 직경으로는 이십 미터 범위!'

육군훈련소에서 교육받은 수류탄의 위력이다. 그렇다면 적들에게도 타격이 있을 것이다. 최소한 잠깐의 혼란은 있을 것이다. 그는 곧바로 운기하여 최대한의 내력을 끌어 올린다.

뿌연 먼지의 장막 속에서 신형 하나가 한 줄기 빛살처럼 쾌속하게 쏘아 나간다. 천공행결 중의 행결이다.

같잖은 잡념들

김강한은 이차선 도로를 따라 치달리고 있는 중이다. 조금만 더 가면 중산과 만나기로 한 장소다.

도로에는 통행하는 차량 하나 없이 드문드문한 가로등 불빛 저 너머로는 희뿌연 어둠의 장막이 끝없이 펼쳐져 있다.

'과연 기다리고 있을까? 이러다 나 혼자가 되는 거 아냐? 말도 안 통하는데! 제기랄! 그러고 보니 지갑에 돈도 한 푼 없는데!'

괜스레 막막한 김에 잠시 같잖은 잡념들이 제멋대로 나풀대는 바람에 그는 피식 실소하고 만다. 그러나 그의 실소는 이내 만족스러운 안도의 미소로 바뀐다.

멀리 앞쪽의 희미한 어둠 속에 차 한 대가 서 있고, 그 앞에 두 사람이 서 있다. 그리고 실루엣만으로도 그들이 바로 중산과 진초희라는 걸 알아볼 수 있다. 그는 행결을 멈추고 보결을 운용한다.

지켰다, 약속?

"아직도 여기서 이러고들 있으면 어떻게 해?"

불쑥 등 뒤에서 들려온 소리에 중산이 화들짝 뒤돌아서며 권총을 겨눈다.

"어허, 진정해! 나야! 나라고!"

김강한이 짐짓 놀라며 두 손을 치켜든다.

"대표님?"

중산이 그제야 확인하며 얼른 다가서는데, 그보다 더 빨리 진초희의 날렵한 몸이 그대로 김강한을 덮쳐간다. 김강한이 품으로 뛰어드는 그녀를 얼떨결에 덥석 안고는 그 민망함을 애꿎은 중산에게로 돌린다.

"오래 기다리지 말라고 했잖아? 여기서 못 만나면 내가 나중에 전화한다고……."

그러나 김강한은 채 말끝을 맺지 못한다. 그의 품속에서 그녀의 몸이 가늘게 떨리고 있다. 그는 잠깐 고민한 끝에야 그녀에게 해줄 말을 고른다.

"지켰다, 약속?"

그녀의 떨림이 가만히 잦아든다.

"고마워요."

그녀가 나직이 속삭인다. 속삭임과 함께 촉촉하고도 따뜻한 그녀의 입김이 옷을 뚫고 그의 가슴팍 속으로 파고든다.

그거 혹시 불량품 아닌지 몰라?

"도대체… 무슨 일이 있었던 거예요?"

진초희가 화들짝 놀라더니 급기야는 울먹이고 만다.

김강한이 당황스러운 중에 그것이 바로 자신의 몰골 때문이라는 것을 뒤늦게 눈치채고는 얼른 스스로의 꼴을 살펴본다. 지금껏 그럴 여유를 미처 가지지 못한 것이다.

가히 엉망이다. 옷에는 숭숭 구멍이 나고 온통 해져서 그야말로 엉망이다. 그 사이로 드러난 맨살에는 이미 굳어버려 검붉게 변색된 피딱지가 징그럽다.

그러나 그가 슬쩍 복부와 옆구리의 피부를 쓸어보는데, 적어도 촉감으로는 그저 찰과상 정도로 피부만 상했지 깊은 상처는 없는 것 같다.

"어떻게 된 겁니까?"

중산이 또한 놀란 기색으로 묻는 것을 김강한이 짐짓 덤덤하게 웃으며 답한다.

"무식한 놈들이 수류탄을 터뜨리지 뭐야! 아주 난리도 아니었는데, 그나마 이 정도인 게 다행이지, 뭐!"

중산과 진초희가 동시이다시피 두 눈을 크게 뜨는 걸 보고 김강한이 가볍게 실소하며 덧붙인다.

"그러고 보니 수류탄 그거 혹시 불량품 아닌지 몰라? 위력이 이 정도밖에 안 되는 걸 보면 말이야."

그 말에는 중산이 이윽고는 절레절레 고개를 젓고 만다.

또 금강불괴

차가 달리고 있다.

멀리로 스쳐 지나가는 도시의 야경이 무척이나 화려하지만, 김강한은 가만히 두 눈을 감는다. 그의 품에 기댄 채로 잠들어 있는 진초희를 깨우지 않기 위해서다.

그리고 자꾸 힐끗거리며 룸미러로 뒤를 보는 중산의 눈길이 부담스럽기도 하고, 또 생각을 정리할 것도 있고.

'금강불괴!'

김강한이 다시금 떠올려 보게 되는 말이다.

그때 서해 개발 사무실에서 야쿠자들의 총격에 속수무책으로 당하고 몸에 몇 개인가의 총알이 박힌 채로 응급실에 실려 갔을 때만 해도 '그러면 그렇지, 금강불괴는 무슨' 하고 피식 웃고 넘겼다. 다만 그처럼 여러 개의 총알이 몸에 박히고도 살아남았다는 사실에서, 어쨌든 죽지 않았다는 사실에서 억지로나마 금강불괴의 의미를 두기는 했지만.

그러나 지금 그는 괜스레 뿌듯하다. 집중적인 총격에 당하고 또 수류탄에까지 당하고도 기껏 피부에 찰과상의 피딱지나 생기는 정도에 그쳤으니 말이다. 물론 총격에는 죄다 빗겨 맞은 것이고 또 수류탄은 불량품이었을지도 모르지만.

순환과 진보

[부동신과 금강신, 곧 외단과 내단은 상생의 이치로 외부의 자극과 충격을 촉매로 삼아 끊임없이 서로를 보완하는 과정을 수행하면서 스스로 강해진다. 그리하여 내단이 천만 번 두드려지면 이윽고 완전한 금강신에 이르는데, 곧 금강불괴지신(金剛不壞之身)이다. 더불어 금강불괴지신을 근원으로 무한히 확장한 외단은 이윽고 그 어디에도 없고 또한 그 어디에도 있는 무궁지경(無窮之境)에 이르게 된다. 이는 곧 금강부동(金剛不動)의 완성이니 마음이 일어 행하지 못할 것이 없게 되는 궁극의 경지이다.]

처음에 이런 것은 김강한에게 무슨 이치랄 것도 없이 그저 허무맹랑했을 뿐이다. 그러나 외단과 내단이 정말로 계속 성장해 나가면서 그 안의 이치가 조금씩 이해되면서는—물론 그가 노력했다기보다는 무언가 응어리진 것이 서서히 녹아들듯이 저절로 조금씩 이해가 된 것이지만—, 이제는 사뭇 심오

하고도 신비로운, 그야말로 비결(秘訣)이 되었다.

그러나 '그 어디에도 없고 또한 그 어디에도 있는 무궁지경(無窮之境)'과 '금강부동(金剛不動)의 완성이니 마음이 일어 행하지 못할 것이 없게 되는 궁극의 경지'는 여전히 막막하고 요원하여 무슨 소린지 짐작조차 되지 않는다.

다만 '외단과 내단은 상생의 이치로 외부의 자극과 충격을 촉매로 삼아 끊임없이 서로를 보완하는 과정을 수행하면서 스스로 강해진다. 그리하여 내단이 천만 번 두드려지면 이윽고 완전한 금강신, 곧 금강불괴지신(金剛不壞之身)에 이른다'는 이치는 이제 제법 선명하다.

이번 나카야마카이의 본부에서 당한 총격과 특히 수류탄의 폭발을 겪으면서 그는 이전과는 또 다른 느낌을 받았다.

순환.

즉 총격과 폭발의 충격파가 그의 내부로 전파되는 과정에서 이전과 같이 자극에 대해 반응이 일어나는 단순한 방식이 아닌, 자극에 대해 반응이 일어난 뒤 그 반응에 대해 다시 자극이 일어나고, 그 다시금의 자극에 대해 또 다른 반응이 일어나는 식의 연속적인 순환 체계가 형성된 것이다.

그 미묘한 현상에 대해 그 이상으로는 더 자세히 설명하기가 어렵지만, 어쨌든 그것이 사뭇 경이로운 결과를 낳았다는 건 분명하다.

진보.

금강부동공의 작은 진보가 연속적으로 일어난 것이다.

물론 어쨌든 피를 보고 상처를 입었으니 여전히 진짜 금강 불괴를 말하기에는 모순이 있겠지만, 적어도 금강부동공이 그의 내부에서 실제로 활성화되고 있고 또한 점점 더 빠르게 진보와 성장을 이루고 있다는 것만큼은 분명한 사실이다. 그 스스로가 실감하고 있으니 말이다.

제8장
—
행복

추격망

　김강한 일행은 도쿄로 되돌아가고 있는 중이다.

　'등잔 밑이 어둡다.'

　그런 따위의 무슨 전략이 딱히 선 건 아니다. 다만 도쿄가
나카야마카이의 중심 세력권이라는 데서 위험이 큰 반면에
어차피 어디로 가든 저들의 추격이 거셀 것이란 걸 생각한다
면 오히려 도쿄야말로 움직일 선택지가 많은 곳이기도 하다는
중산의 주장에 따라서다.

　중산은 도쿄 역 근처에 차를 세우고 양지환에게 전화를 건

다. 다급한 처지에 그래도 도움을 청해볼 만한 곳은 거기뿐이니 일단 도움을 청해보고 저쪽에서 곤란하다고 하면 그들이 일으킨 사태의 후속적인 상황이 어떻게 돌아가고 있는지라도 파악해 보자는 심산이다.

전화가 연결되자마자 양지환은 대뜸 호통이다. 도대체 무슨 짓을 벌인 거냐며. 안 그래도 나카야마카이에서 전국의 주요 야쿠자 조직에 대해 긴급 협조 요청을 해왔단다. 한국에서 온 자객들이 나카야마카이의 본부를 습격했는데, 나카야마 회장을 포함해 다수가 다치는 등 피해가 큰 바, 도주 중인 자객들을 추포(追捕)하는 데 범조직적인 협조를 요청해 왔다는 것이다. 그리고 그 같은 사실을 전해 듣는 순간 양지환은 그 자객들이 누구인지를 곧바로 직감했다고 한다. 그러나 어쨌든 일본 야쿠자 3대 조직 중의 하나인 나카야마카이의 본부가 습격을 당해서 회장까지 다쳤다는 데서, 그리고 그 습격이 조직 내부의 분쟁이 아닌 외부인, 특히 한국인들에 의해 벌어졌다는 데서 대부분의 조직에서는 적극적으로 협조하겠다는 분위기란다. 야마구치구미 쪽도 굳이 협조를 거부할 명분은 없는 입장이고.

양지환의 말은 이내 걱정과 당부로 변한다. 열도 전역에 거미줄 같은 감시망이 겹겹이 쳐질 것이니 급하게 한국으로 돌아가겠다고 섣불리 공항이나 항만으로 가는 건 절대 금물이라고 거듭 주의를 준다. 그리고 당분간은 가급적 안전한 곳에

피신해 있던지, 그것이 여의치 않아 움직여야만 한다면 차라리 번화한 도심지로 가란다. 번화한 곳일수록 저들의 공격이나 특히 암습으로부터 오히려 안전할 것이라고.

"정히 상황이 다급하다면 오사카로 오게. 내가 한국으로 돌아갈 방법을 강구해 볼 테니."

양지환의 마지막 말이다.

달리 기댈 언덕이 없다!

짧은 논의 끝에 그들은 일단 오사카를 향해서 이동하기로 한다.

물론 오사카로 간다고 해서 당장의 무슨 방법이 생긴다는 보장은 없다고 할 것이다. '정히 상황이 다급하다면'이라고 전제를 단 것에서 양지환이 무슨 방법을 강구해 줄 거라는 확신은 갖기 어려운 형편이니 말이다.

더욱이 야마구치구미의 원로로서 양지환의 입장을 짐작하지 못할 것도 아니다. 좀 더 냉정하게 생각하자면 설령 양지환을 믿을 수 있다고 해도 야마구치구미까지 믿을 수 있는 건 아니다.

그들은 야쿠자다. 철저하게 자신들의 이익을 위해서만 움직이는 족속이다. 양지환도 결국에는 야마구치구미가 우선일 것은 당연하니 야마구치구미의 입장이 곤란해진다면 역시 그쪽

편에 설 수밖에는 없을 것이다.

그러나 당장에 나카야마카이의, 그리고 나아가 그들에게 협조하는 일본 야쿠자 조직들의 거대한 조직망이 추격의 그물을 좁혀오고 있는 판국에 양지환 외에는 달리 기대볼 언덕이 없다는 것이 엄혹한 현실이다.

그러니 일단은 오사카 쪽으로 방향을 정하고 움직이는 중에 상황 변화에 따라 또 다른 방법을 강구해 보는 수밖에 없다는 것이 중산의 주장이고, 그에 대해 김강한이나 진초희가 이의를 달 여지는 없다.

다만 중산이 자신은 차를 몰고 곧장 오사카로 갈 테니 김강한과 진초희는 대중교통을 이용해서 일단은 나고야로 가는게 좋겠다고 한다.

자신이 먼저 오사카로 가서 양지환의 입장과 그가 정말로 무슨 방법을 가지고 있는지를 확인해 볼 테니 김강한과 진초희는 일단 나고야로 가 있다가 만약 오사카의 사정이 여의치 않을 경우에는 독자적으로 다른 대책을 강구해 보자는 것이다.

사뭇 설레기까지 하는 기대감

'진초희가 일본어에 능통하고 또 지리도 잘 알고 있으므로 자신이 없어도 별문제는 없을 것이다.'

중산이 그런 점까지를 굳이 설명하는 데는 김강한이 그를 흘깃 쏘아본다.

지가 무슨 대장이라도 되는 것처럼 일방적으로 이래라저래라 하는 것이 마음에 들지 않는다는 것보다 중산이 저 혼자서 따로 움직이겠다는 데에 또 다른 이유 내지는 속셈(?)이 있는 것 같아서이다.

즉 그들 셋이 함께 움직일 경우 아무래도 저들의 추격망에 포착되기 쉬울 거라는 판단에서 저들의 이목을 분산시키겠다는 의도가 비치는 것 같다. 나아가 만약에 정말로 마지막 상황에까지 몰렸을 때는 중산이 스스로를 미끼 삼아서 그와 진초희에게 빠져나갈 틈을 마련해 주겠다는 의도까지도 짐작되는 것이다. 지금까지 보아온 중산은 능히 그러고도 남을 인물이니까.

그러나 달리 제시할 대안이 있는 것도 아닌 터에 김강한이 지레 말리고 나설 입장은 또 아니다. 사실 그렇다고 특별히 걱정이 되는 것도 아니다.

'어떤 상황에 처하게 되건 돌파해 나가면 그만이다.'

그런 자신감이 있는 것이다.

더욱이 그에게는 또 다른, 사뭇 설레기까지 하는 기대감이 있기도 하다. 그녀와 단둘이 있게 될 것에 대한 기대. 중산의 방해(?) 없이 말이다.

밀월여행

중산과 헤어져 김강한과 진초희는 나고야행 버스에 오른다. 새벽에 나고야에 도착하는 야간 버스다.

차창 밖은 완전한 어둠이다. 자정을 한참 전에 넘어 시간은 새벽을 향해 가고 있는데, 두 사람은 정신이 또렷하니 맑기만 하다. 김강한도, 그리고 그의 어깨에 살포시 머리를 기대고 있는 진초희도. 그런 중에 그와 그녀는 지금 마치 생각의 공간을 공유하고 있는 것만 같다.

진초희는 김강한에 대해 남녀 간의 정을 넘어 그 이상의 질기고도 끈끈한 정을 느낀다. 생사를 함께 넘나든 사이라고 생각해서일까?

오로지 그녀를 구하겠다는 일념으로 중산 하나만을 대동한 채 말도 통하지 않는 일본까지 와서 이윽고는 나카야마카이의 본산에까지 치고 들어온 것에서 그의 진심은 온전히 확인되었다. 그것 이상의 진심은 없을 것이다. 끝내 그녀를 구해내지 못했다고 하더라도 말이다.

그녀 또한 이제는 온전히 마음을 열었다. 그를 향해.

그는 그녀가 아는 한 세상에서 가장 강한 남자이다. 강한. 그의 본이름처럼. 그런 믿음직한 남자가 그녀의 곁에 있으니 지금 그녀는 도망자의 처지가 아닌, 마치 밀월여행이라도 떠나고 있는 것 같은 느낌이 들기도 한다.

'함께하는 이 시간을 차라리 즐기자.'

그녀의 입가에 한 가닥의 가만한 미소가 맺힌다.

묘하고도 느긋한 쾌감

나고야에 도착한 김강한과 진초희는 이른 아침을 먹고 시
내를 둘러보고 있는 중이다.

김강한은 그녀의 손에 이끌려 다닌다. 길도 말도 먹통으로
완전한 이방인인 그는 전적으로 그녀에게 기댈 수밖에 없다.

그러나 그런 데서 오히려 재미가 있다. 엄마를 졸래졸래 따
라다니는 어린아이처럼 온전히 그녀에게 기대어 다니는 재미.

진초희는 어떤 쾌감 같은 게 느껴지기도 한다. 사뭇 일방적
이고 다분히 마초적인 면까지 있는 그가 지금은 어린아이처
럼 모든 걸 그녀에게 의지하고 있다는 데서 오는 묘하고도 느
긋한 쾌감.

왜 행복하지?

오스 거리는 전통식 시장이다.

일본식, 혹은 중국식 같기도 한 이국적인 점포 수백 개가
들어서 있는데, 아침부터 사람들로 북적거리는 모습이다.

음식점은 배가 고프지 않아서, 그리고 의류점과 액세서리

판매점은 별 흥미가 없어서 패스하며 지나치는 중에 진초희가 문득 손을 잡아끌기에 김강한이 못 이긴 체 끌려가 보니 한 가게 앞에 사람들이 길게 줄을 서 있다. 다코야키를 파는 가게란다.

한참을 기다려서 두 개를 샀는데, 제법 맛이 있다. 진초희가 함박웃음을 짓는다.

"행복해요!"

그녀의 탄성은 마치 어느 영화에서 여주인공이 읊는 멋진 대사 같다. 그는 문득 당황스럽다.

'이럴 때 남주인공은 어떤 대사로 받아주어야 하나?'

그러나 그는 문득 다시 궁금해진다. 그야말로 쓸데없이.

'왜 행복하지? 다코야키가 맛있어서? 아니면 나와 함께 있어서?'

그렇더라도 그는 굳이 물어보지 않는다.

무엇 때문이면 어떠랴. 그녀가 행복하다는 것만으로도 충분한 것을. 그녀의 환한 얼굴과 입가에 감도는 웃음기만으로도 충분한 것을.

공상의 세계에서나 가능한 노릇

북적이는 사람들 틈에 섞여서 이런저런 구경을 하며 오스거리를 쏘다니다가 김강한은 문득 관심이 끌리는 한 곳을 발견한다. 골동품 가게다.

처음으로 그가 손을 이끌자 진초희가 설핏 의아해하지만, 이내 웃는 얼굴로 순순히 따른다.

가게 안은 도자기, 고가구, 병풍, 고화, 고서 등등 온갖 종류의 물건이 잔뜩 쌓여 있다. 그중 그의 눈길을 끈 것은 구리로 만든 놋그릇과 장식품이다. 구체적으로는 그중 동판(銅版)이랄 수 있는 형태의 물건들인데, 그것들에서 천락비결과 천공행결, 그리고 천환묘결의 원본이 새겨져 있다는 동판을 떠올린 때문이다.

그러다 김강한은 문득 실소하고 만다. 그가 사뭇 관심 있게 물건들을 만지작거리는 중에 진초희가 덩달아 관심을 보이는 모습에서다.

그러나 그것들 중 어느 것에서도 고문(古文) 같은 게 새겨져 있는 건 없다. 그냥 장식품이다.

당연한 일이다. 그런 동판들을, 그처럼 신비한 것들을 아무 데서나 쉽게 만날 수 있다면 그거야 무협이나 판타지 같은 공상의 세계에서나 가능한 노릇이지, 현실의 세계에서야 어떻게 가당키나 한 노릇이겠는가?

한국에도 많아

오스 관음. 일본의 3대 관음 중 한 곳이란다. 원래는 가온

지역에 있었지만 일본의 3대 영웅에 속한다는 도쿠가와 이에야스에 의해서 이곳으로 옮겨졌단다. 그런 진초희의 설명에 대해 김강한이 '관음이 뭐지? 관음증 같은 것?' 하고 가볍게 상상해 본다. 일본 하면 워낙에 또 그런 쪽으로 앞서 나간(?) 이미지가 있지 않은가?

그의 무지한, 혹은 음흉한 상상을 눈치라도 챘는지 그녀의 설명이 사뭇 명료하게 뒤따른다. 관음전(觀音殿). 관세음보살을 모신 사찰이란다.

사찰 전각의 선들은 왠지 날카로운 느낌이고 변화가 급해 보인다. 붉은색과 황금색이 많다는 데서는 지나치게 화려해 보이는 느낌이기도 하다. 그래서인지 왠지 장중함과 엄숙함이 덜한 것 같다. 물론 그가 불교에 대해서, 더욱이 일본 불교에 대해서 제대로 알지도 못하는 처지에 단순히 평할 건 아니다. 그냥 관광이나 하면 될 일이다.

사찰 입구에서 다들 합장하는 모습에 진초희도 따라 한다. 그러나 김강한은 여전한 '익숙지 않음'을 이유로 짐짓 뻣뻣한 채 경내로 들어선다. 진초희가 가볍게 눈총을 주지만 못 본 체한다.

관음전으로 가는 길가에 작은 비석 같은 것이 여럿 서 있는데, 그 위로 하얀 종이 뭉치가 잔뜩 걸려 있다. 소원 종이란다. 소원. 절대적 존재에 기대어 소원을 비는 것은 이곳 사람들도 마찬가지구나 싶다.

쩨 높은 계단을 올라서니 드디어 관음전이 나온다. 입구에서부터 안내문인지 혹은 경전의 문구인지를 적어놓은 것들인지 복잡하게 붙어 있는데, 그 안쪽으로 관음상이 보인다. 엄숙한 걸음걸이로 관음상 앞으로 다가서는 진초희의 모습이 절이라도 올릴 모양새인데, 김강한이 슬쩍 그녀의 옷자락을 잡아당기며 나지막하게 속삭인다.

"절할 거면 나중에 한국에 가서 하자."

'왜요?'

눈빛으로 묻는 그녀에게 그가 다시 속삭인다.

"한국에도 유명한 관음전 많아."

예전에 어디선가 들은 말

진초희는 다음 여정으로 나고야 성을 가잔다. 전망대에 올라가면 나고야 시내를 한눈에 내려다볼 수 있다고.

그러나 김강한은 더 이상 내키지가 않는다. 구경은 지금까지 본 것만으로도 충분하고 피곤하니 이제 좀 쉬러 가자고 한다.

"그럼 온천 갈래요? 여기 나고야의 온천은 일본에서도 유명한데."

그녀의 말에 김강한이 반색한다.

"온천? 좋지!"

그런데 순간 예전에 어디선가 들은 말이 불쑥 떠오르기에 그가 슬쩍 덧붙인다.

"기왕이면 노천탕이면 더 좋겠는데. 일본은 그게 유명하다며? 예전부터 그런 데 한번 가보고 싶었거든."

물론 그는 '예전에 어디선가 들은 말'을 다는 하지 않았다. 특히 '일본의 노천 온탕 중에는 남녀 혼탕이 많다'는 것에 대해.

유카타 유감

진초희가 안내한 곳은 과연 야외 노천탕이다. 계곡 풍경 등 주위 경관을 잘 꾸며놓아서 자연 속에서 따뜻한 온천을 즐길 수 있는 곳이다.

그러나 기대가 크면 실망도 크다고 했던가? 그곳은 남녀 혼탕이긴 하되 김강한이 사뭇 음흉하게(?) 기대한 바의 완전 알몸으로 입욕하는 그런 개념이 아닌, 전용 유카타를 입고 온천을 즐기는 곳이다.

어쨌든 야외 온천탕의 규모가 제법 크다. 어림잡아도 10개가 넘는 노천탕이 있는데, 김강한과 진초희는 사람들이 없는 탕을 찾아서 몸을 담근다. 실망은 실망이고, 따뜻한 온천물에 몸을 담그니 그동안의 피로가 단번에 녹아내리는 듯이 편안하다.

그런데 김강한은 문득 미처 생각지 못한 선물을 하나 받은 느낌이 된다. 입고 있는 유카타가 온천물에 젖으면서 생긴 뜻밖의 상황이다. 즉 유카타의 안이 바깥으로 비치는 것이다. 다만 아쉬운 것은 옷자락이 겹쳐지는 부위인 하체는 비치지 않고 상체만 비친다는 점이다. 더욱이 아쉬운 것은 그 상체의 비침마저도 진초희가 미리 대비라도 한 듯이 다시 속옷에 가려져 있다는 것이다.

'유감이다, 유카타. 더 유감이다, 속옷.'

그러나 김강한은 애써 만족한다. 모름지기 사람은 만족할 줄 알아야 한다. 이게 어디인가? 그녀의 몸매를 맘껏 감상하고 있지 않은가? 합법적으로 말이다.

이(二) 만리장성을 쌓은 만큼 이미 가장 깊은 곳(?)까지 속속들이 경험을 해본 터이지만, 이렇게 밝은 곳에서 공개적으로 그녀의 몸매를 보는 것은 처음이다.

아름답다. 육감적인 몸매다. 글래머다. 어떻게 보자니 완전 알몸보다 더 자극적인 모습이다. 비치는 것이 수영복도 아닌 속옷이라는 데서 더욱.

꿈들 깨셔!

김강한과 진초희 둘이서 독차지하고 있던 노천탕에 하나둘 사람들이 들어온다.

오붓함이 깨지는 것이 아쉽다.

불쑥 유치한 욕심이 생기기도 한다. 그녀의 '완전 알몸보다 더 자극적인 모습'을 그 혼자만 보고 싶다는.

그러나 그들이 노천탕을 전세 낸 것도 아닌데 그런 욕심은 가당치 않다.

대신 그는 그녀에게서 차마 시선을 떼지 못하고 자꾸만 힐끔거리고 있는 몇몇 남자의 시선을 보면서 애써 자부를 해본다. 아니, 사뭇 유치한 우쭐거림일 것이다.

'꿈들 깨서! 내 여자야! 당신들은 꿈도 꾸지 못해!'

노골적 시선

김강한이 '차마 시선을 떼지 못하고 자꾸만 힐끔거리고 있는 몇몇 남자의 시선'에 대해 대개는 관대할 수 있지만, 그중의 하나에 대해서만큼은 끝내 참아내기가 어렵다.

탕 속에 깊숙이 몸을 담그고 목 위만 내놓은 채로 아예 노골적으로 시선을 진초희의 몸매에 못 박아놓고 있는 사내. 머리가 적당히 벗겨진 사십 대 중반쯤에 풍성해야 할 유카타가 물속에서도 몸에 꽉 끼는 느낌이 들 정도의 거구다.

"왜 그래요?"

진초희가 김강한의 귓가에다 속삭이듯이 묻는다. 그에게서 불편해하는 기색을 발견한 것이리라. 그녀의 따뜻한 입김에 조금쯤 기분이 풀어지기에 그는 장난스럽게 그녀의 귓불을 잡아당기며 또한 속삭여 준다.

"저 사람이 아까부터 계속 기분 나쁜 눈빛으로 당신을 보고 있잖아."

그녀가 가볍게 실소하더니 가만히 그의 손을 잡아 이끈다. 그만 나가자는 것이리라. 아마도 그녀 또한 진작부터 거구 사내의 노골적인 시선이 불편했던 터에 이제 그가 불쾌해하는 것에서 염려가 더해진 것일 수도 있다.

김강한의 생각에도 어쨌든 도망을 다니고 있는 처지에 괜한 소란을 일으켜 위험을 자초할 것은 아니기에 순순히 그녀를 따라 몸을 일으킨다.

문신! 야쿠자!

등 뒤에서 갑자기 고성이 일어난다. 김강한이 돌아보니 그 거구 사내가 뭐라고 소리를 지르고 있다. 잔뜩 인상을 그리며 눈을 아래위로 부라리는 모양새로 봐서 자기한테 물이라도 튕겼다는 소리 같다.

일본인들이 욕탕에서 물 튕기는 것에 대해 아주 민감하게 여긴다는 것은 그도 들은 바가 있다. 그런데 그와 그녀가 조심스럽게 일어서기도 했거니와 거구 사내와의 거리도 제법 떨어져 있는 편인데 어떻게 거기까지 물이 튕겼단 말인가? 딱 보아도 이건 노골적인 시비다.

그녀가 얼른 앞으로 나서며 거구 사내에게 허리를 숙여 사과한다. 역시 소란을 피하려는 노력이겠기에 김강한이 부글거리는 속을 애써 누른다.

그런데 거구 사내는 아주 작정한 듯이 기고만장이다. 손가락질을 해가며 고함을 쳐대는데, 김강한에게 사과를 하라는 것 같다. 그런 데야 더는 참을 필요를 느끼지 못해서 김강한이 차라리 싱긋 웃어준다. 그러자 거구 사내는 이윽고 폭발한 듯이 벌떡 몸을 일으키더니 걸치고 있던 유카타를 거칠게 벗어젖힌다.

"꺄악!"

멀찍이서 소란을 구경하고 있던 여자 하나가 뾰족하게 비명을 지른다. 진초희도 얼른 고개를 돌린다. 거구 사내가 완전한 알몸이 된 때문이다.

그러나 거대하게 출렁거리는 살집이나 다른 것(?)보다 우선 눈길을 끄는 것은 사내의 배와 가슴을 온통 뒤덮고 있는 화려한 문양이다. 문신. 야쿠자다.

하고픈 대로

김강한이 힐끗 진초희를 본다. 그런데 그녀는 걱정스러운 표정이면서도 딱히 말리려는 기색까지는 아니다. 기왕에 이렇게 되었으니 그가 하고픈 대로 하라는 것일까?

김강한이 성큼 걸음을 내딛는다. 물속에서 성큼성큼 걷는다는 게 이상할 법하지만, 보결(步訣)을 운용하자 물의 저항이 별로 느껴지지 않는다.

가까이 다가서는 김강한을 향해 거구 사내가 먼저 손을 뻗어 어깨를 잡아온다. 그런 사내의 손을 김강한이 가볍게 잡아 꺾는다. 동시에 빠르게 사내의 몇 군데 혈을 짚자 사내는 대번에 뻣뻣하게 굳어버린다.

김강한이 사내에게 유카타를 대충 다시 걸쳐준 다음 가볍게 뒤로 밀어 탕의 테두리에 앉힌다. 그리고 어깨동무라도 하듯이 사내의 어깨에다 손을 두르고 지그시 손아귀에 힘을 준다.

우두둑!

탈골되는 소리가 사뭇 선명하더니 간단히 어깨 관절이 이탈되어 버린다. 사내의 두 눈이 부릅떠지며 와락 인상이 일그러진다. 그런 사내의 이마에 금세 송골송골 땀방울이 맺힌다. 그러나 극심할 고통에도 사내는 몸부림을 치기는커녕 비명조차 지르지 못한다.

사내의 눈빛에 가득 찬 경악과 공포가 이내 절박한 애원으로 바뀌는 걸 보고 김강한이 사내의 마혈을 풀어준다. 아혈은 십 분쯤 후에 저절로 풀릴 것이다.

김강한이 탕 밖으로 나오자 기다리고 있던 진초희가 옆으로 붙어 서며 다소곳이 팔짱을 낀다. 그 모습이 사뭇 자연스럽게 느껴진다는 점에서 그는 저도 모르게 싱긋 미소를 떠올린다. 그녀가 어깨를 으쓱하더니 또한 가벼운 미소를 짓는다.

삼(三) 만리장성

"배고픈데, 어디 가서 밥이나 먹자."

노천탕을 나와서 진초희의 긴장을 풀어주겠다고 김강한이 별생각 없이 해본 소린데, 해놓고 보니 철없는 소리 같기도 하다. 아니나 다를까?

"지금 배고프단 소리가 나와요?"

그녀가 대번에 핀잔이다.

"그럼 배고픈 걸 배고프다고 하지 뭐라고 하나?"

그가 짐짓 뻗대자 그녀는 고개를 절레절레 흔든다. 대책이 안 선다는 표정이다. 그런 중에도 일단 이곳을 벗어나자며 서둘러 택시를 잡아탄다.

"히츠마부시 먹으러 갈래요?"

택시가 출발하면서 그녀가 묻는다.

"그게 뭔데?"

"장어덮밥인데, 나고야의 대표 음식 중 하나예요."

"장어?"

그러고 보니 그가 또 설핏 떠올리지 않을 수 없다. 삼(三) 만리장성. 그것과 장어. 그만이 아는 그 비밀스러운 연계에 대해 그는 저도 모르게 흐뭇한 웃음을 흘리고야 만다.

"흐흐흐!"

그런데 그녀에게는 그게 흐뭇하게는 들리지 않나 보다.

"뭐예요, 그 음흉한 웃음은?"

"아니… 내가 장어를 엄청 좋아하거든!"

김강한이 겸연쩍게 얼버무리고는,

"우리 빨랑 가자!"

하며 짐짓 입맛을 다시는 시늉을 해 보인다. 그 능청스러움(?)에는 그녀가 어쩔 수 없다는 듯 피식 실소하고 만다.

그냥 장어덮밥답게

"여기 맛집 맞아?"

나고야 대표 음식이라기에 '몇 대에 걸친 장인정신'의 가게를 기대했건만 진초희가 김강한을 이끌고 간 곳은 생뚱맞게도 백화점이다.

"본점이 따로 있긴 한데, 거긴 몇 시간씩 기다려야 해요. 그리고 여기도 사람들이 많이 찾는 곳이에요."

그녀가 웃으며 설명한다. 그러고 보니 가게 앞에 작은 의자가 줄지어 놓여 있는데, 아마도 기다리는 손님들을 위한 것으로 보인다. 그러나 지금은 아무도 기다리지 않고 가게 안도 빈

자리가 제법 보인다. 지금 시간이 점심시간을 한참 비켜나서 그럴 것이란 짐작을 해보면서도 김강한이,

"뭔 손님이 많다고 그래? 텅텅 비었구만."

하고 괜한 타박을 해본다. 그녀가 힐끗 눈총을 주면서도 대꾸는 않고 그의 손을 잡아끌고 가게 안으로 들어선다.

한국 사람인 걸 대뜸 알았는지 점원이 한국어로 된 메뉴판을 갖다준다. 그 덕분에 김강한이 메뉴를 손가락으로 짚어 보이고 다시 손가락 두 개를 펴 보이며,

"히츠마부시 둘."

하고 직접 주문을 해본다. 점원이 알았다는 듯이 고개를 끄덕이는데, 그녀가 몇 마디를 추가한다.

"뭐라고 한 거야?"

김강한이 묻자 그녀가 싱긋 웃으며 말한다.

"한 개는 특으로 해달라고 했어요. 배고프다면서요?"

그런 그녀에 대해서는 김강한이 저절로 지어지는 흐뭇한 웃음을 금할 수 없다.

주문한 식사가 나온다. 밥 위에 노릇노릇하게 구워진 장어가 푸짐하게 덮여 있는 비주얼에 그가 꿀꺽 침을 삼키고 만다. 테이블 한쪽에 한국어로 히츠마부시를 먹는 몇 가지 방법을 설명해 놓은 게 있긴 하지만, 그런 건 필요 없을 듯하다. 그냥 장어덮밥답게 먹으면 될 일이다.

그가 밥과 장어를 푸짐하게 입에 욱여넣고 우걱우걱 씹어

삼키는데 꽤나 맛있다. 그런 그를 잠시 지켜보고 나서야 그녀
도 먹기 시작하는데, 그녀 또한 특별하달 것 없이 그냥 먹는
다.

앞으로 웬만하면

두 사람이 깨끗이 그릇을 비우고 나서 느긋한 포만감을 즐
기며 차를 마시고 있을 때다. 김강한의 휴대폰으로 전화가 온
다. 중산이다.

"좋은 소식이 있습니다!"

중산의 목소리가 상당히 들떠 있다.

양지환을 만나봤는데 공식적으로 나서줄 수는 없으나 은밀
하게 한국으로 가는 밀항 편을 알아봐 주겠다고 했단다. 그리
고 양지환 정도의 인물이 그렇게 말했다면 비록 비공식적이라
고 하더라도 어쨌든 야마구치구미 회장의 묵인이 있다는 것이
고, 그 묵인에는 다시 그들이 밀항선을 탈 때까지는 어떤 형태
로든지 신변 보호를 해주겠다는 의미까지 포함되었을 거라고
기대를 해본단다.

진초희가 크게 안도하는 기색으로 되고, 김강한 또한 가만
한 안도를 가져본다. 그리고 이제 곧 돌아갈 수 있다는 데 대
해 설레는 마음 때문일까? 그는 다시 불쑥하니 작은 소회(?)를
가져본다.

'집 나오면 고생이라더니… 이번에 돌아가면 앞으로 웬만하면 나라 밖으로는 나오지 말아야겠다.'

멀미

몸이 갑자기 위로 불쑥 솟구쳤다가는 이내 다시 아래로 깊숙이 추락한다. 드넓은 바다 한가운데.

그들이 한국에서 일본으로 올 때 탄 밀항선과 비교해서 한참이나 작은 크기의 소형 어선은 심해의 거대하고도 육중한 파도가 부리는 심술에 속수무책으로 농락당하고 있다.

중산은 배가 항구를 떠난 지 얼마 되지도 않아 멀미를 호소하더니 이윽고는 어창 옆쪽의 좁은 구석에 짐짝처럼 쑤셔 박혀서는 내내 꼼짝도 하지 않고 있다.

그나마 단단한 체구의 중산이 그럴진대 진초희는 말할 것도 없다. 잇달아서 속의 것을 게워내던 그녀는 이윽고 토해낼 것도 없는지 헛구역질만 계속해 대며 괴로움을 호소한다.

그런 그녀를 위해 김강한이 선장에게 부탁해서 비좁으나마 선실에다 누울 자리를 만들어주었으나, 그녀는 굳이 김강한에게서 떨어지지 않겠다고 고집을 피운다.

답답하다고 하여 다시 갑판으로 데리고 나왔지만 핏기 하나 없이 창백해진 얼굴로 자꾸만 그의 품에 안기려고만 하는 그녀는 마치 고열에 시달리며 칭얼대는 어린아이와 같다.

궁리한 끝에 그가 그녀의 등을 통해 한 가닥의 따뜻한 진기를 흘려 보내주고 나서야 그녀는 한결 편안해진 모습이다. 그리고 그의 품에 안긴 채로 잠이 든다.

새로이 소중하게 되어버린 무엇

그녀를 잠에서 깨지 않도록 하기 위해 불편하게 앉은 자세를 고치지도 못한 채로 김강한은 조용히 생각에 잠겨 있다.

거대하게 일렁이는 망망대해 위로 지나온 시간이 그야말로 주마등처럼, 아니, 또 다른 격랑처럼 스쳐 간다.

'기껏 서른 몇 해밖에 되지 않는 삶이 참으로 파란만장하지 않은가?'

초중고를 나오고, 대학에 입학하고, 군대를 제대하고, 대학을 졸업하고, 취업을 하고, 남들과 크게 다를 바 없이 그저 평범하게 살던 중에 청천벽력의 사고를 당했다. 그 후로 몇 년간은 그에게 차라리 죽음보다 더 고통스러운 시간이었다. 그러나 먼저 죽어간 혈육들에게 미안해서 스스로 목숨을 끊어버리지도 못했고, 아무 계획도 없이, 아무 의미도 없이 차마 죽지 못해서 그냥 살아지는 대로 하루하루를 살았다. 그러다 어떻게 된 건지 지금도 잘 이해되지 않는 어떤 우연, 혹은 기연으로 묘한 힘이 생겼다. 금강부동결, 그리고 천락비결과 천공행결, 천환묘결. 그걸 구실 삼아서 그는 조금만 더 살아볼 작정을 했다. 마지막 잔치를 즐기듯이 한바탕 격렬하게. 그러다 보니 지금까지 오게 되었다. 망망대해에 떠 있는 이 작은 밀항선까지.

'이제부터는 또 어떻게 살아가야 하나? 여전히 그렇게 매 순간 마지막이라고 생각하며 격렬하게? 어리석더라도 무모하고 위험하더라도 그냥 내키는 대로?'

아니다. 이제 더는 그렇게 살아가지 못할 것 같다.

이제 그는 달라졌다. 아니, 그가 가진 것들이 달라졌다.

그에게도 새로이 소중하게 되어버린 무엇이 생긴 것이다. 지키고 싶은, 지켜야 하는 사람들이 생긴 것이다.

소중한 사람 중의 하나

밀항선은 어느 작은 어촌에 당도한다.

오래되고 낡은 잿빛의 선착장에는 몇 사람이 나와 있다. 경계 속에서 김강한은 우선 한 사람을 알아본다. 이철진이다. 배를 타기 직전에야 연락이 닿았는데 용케 마중을 나와준 것이다.

"어서 오시오, 조 대표!"

이철진이 휠체어에 앉은 채로 환하게 웃으며 손을 내민다. 그러나 김강한은 설핏 어색함부터 느껴진다.

'조 대표?'

그러나 그는 이내 수긍한다. 그는 김강한이 아닌 조상태인 것이다. 적어도 이철진에게는. 아니, 이철진도 그가 조상태가 아니란 것을 분명히 알고 있지만, 어쨌든 지금까지의 그들 간의 관계는 조상태라는 이름으로 쌓인 것이다.

수긍은 되더라도 김강한은 한편으로 아쉬운 감이 든다. 이제쯤에는 좀 더 깊은 교감, 혹은 공감과 공유가 필요한 것이리라. 그가 이철진을 그의 소중한 사람 중의 하나로 인정하였으니만큼.

두 사람은 굳게 손을 맞잡는다. 순간 김강한은 괜스레 가슴이 뜨거워진다. 반가움 이상의 격한 무엇이 울컥 치밀고 있다.

그새 왜 이렇게 붉었어?

"대표님!"

익숙한 그 목소리는 이철진의 휠체어 뒤쪽에서 들린 것이다. 거기에 또 한 대의 휠체어가 있다.

"아!"

김강한이 저도 모르게 탄성을 뱉어낸다. 살집이 좀 있는 몸매에 볼살이 통통한 얼굴. 설핏 낯설다 싶은 그 얼굴에서 이내 익숙한 윤곽이 오롯이 드러난다.

쌍피다. 살찐 쌍피.

말은 차라리 나오지 않는다. 김강한은 곧장 쌍피에게로 다가가 휠체어 앞에 무릎을 꿇고 높이를 맞추며 와락 그를 끌어안는다. 쌍피가 또한 마주 그를 안는다. 남자끼리의 포옹이다. 뜨거운 가슴을 맞댄 채 그들은 한동안 그렇게 서로의 심장 박동을 느낀다.

김강한이 쌍피의 몸을 조금 밀어내며 그의 몸 여기저기를 더듬어본다. 어깨와 등, 옆구리 살과 허벅지, 그리고 종아리와 발목까지.

쌍피가 어색한 표정이 되면서도 김강한이 하는 대로 가만히 둔다. 그의 몸이 어떤 상태인지, 아직 얼마나 아픈지 살펴보려는 김강한의 진심을 느낄 수 있어서이다.

"뭐야? 그새 왜 이렇게 불었어?"

김강한의 첫마디는 그렇게 나온다. 반가움을 표시하기에는 어울리지 않는 말이다. 그러나 상관없다. 거기에 그가 지금 쌍피에 대해 느끼는 모든 감회가 다 녹아 있다.

그가 일본에 가 있는 동안 가장 많이 생각난 사람이 있다면 바로 쌍피가 아니었을까 싶다.

물론 중환자실에 있는 걸 보고 갔으니 걱정이 된 것도 있지만, 그것 외에 그가 쌍피에게 가지는 소중함의 의미는 진초희나 이철진과는 또 사뭇 다른 어떤 특별함이 있다고 할 수 있다.

그래도 쌍피는 쌍피다

"아직 제대로 움직이지도 못하는 몸으로 굳이 따라 나오겠다고 고집을 피우는 바람에……"

이철진이 변명이라도 하듯이 말을 꺼낸다.

김강한이 새삼 코끝이 찡하다. 쌍피의 살집 두둑한 몸매와 통통한 볼살이 앞으로 그가 재활에 쏟아야 할 시간과 노력의 크기, 고됨을 의미하는 것만 같아서이다. 그러나 반드시 예전의 모습으로 되돌아갈 것이다. 쌍피라면. 쌍피니까.

김강한은 또 문득 어색하다. 쌍피가 그를 보며 떠올리고 있는 잔잔한 미소 때문이다. 그 미소가 영 쌍피답지 못해서다. 차갑게 가라앉은, 혹은 그런 표정마저도 없는 무심한 얼굴이라야 쌍피답다고 할 것이다.

그러나 모습이 좀 변했어도, 낯선 느낌이 좀 있어도 그래도 쌍피는 쌍피다. 이제는 그에게 소중하게 되어버린, 그래서 지켜야 하는 몇 안 되는 사람 중의 하나인.

제1장
—
이롬 재단

새로운 출발선

진초희와 이철진, 그리고 쌍피와 중산. 그의 소중한 사람들이다. 그가 지키고 싶은, 지켜야 할 사람들.

김강한은 그들과 지금까지보다 더욱 폭넓고 깊은 교감을 이루고픈 욕구를 느낀다. 그것이야말로 그가 이제부터 지금까지와는 좀 다르게 살아가기로 결심한 바의 새로운 출발선일 것이다.

그들과 더욱 깊게 서로의 사정을 나누고 보다 진실하게 모든 것을 공유하고 싶다. 그리하여 그 소중함을 더하고 싶다.

물론 서로 완전하게 교감하고 모든 것을 공유할 수 있는 건 아닐 것이다. 각자가 끝까지 혼자만 갖고 가야 할 것도 분명 있을 테니까.

철저한 사람

이철진은 역시 철저한 사람이다. 일본에서 돌아온 뒤로 김강한이 한동안 경계를 풀어버리고 있는 중에도 그는 몇 가지 우려되는 리스크에 대해 나름의 동향 관리를 계속하고 있는 중이다.

우선은 나카야마카이의 동향에 대해서다. 그들에게 다시 어떤 도발의 조짐이 있는지, 그들과 연결 고리를 가지고 있는 국제파와 또 다른 정보망을 가동하여 정보를 수집하고 있는 중인데, 당장에는 별다른 조짐이 보이지 않지만 지속적인 관찰과 경계를 해나갈 작정이다.

다음은 동판을 쫓는 자들에 대해서다. 사실 그들에 대한 상세한 사항까지는 김강한이 이철진에게 얘기하지 않았다. 굳이 숨기려는 것보다는 역시 설명하기 어려운 부분이 다분해서이다. 어쨌든 그자들의 동향 역시 현재까지는 이렇다 할 것이 없다. 하긴 그들이 애초 목표한 최도준이 사망한 이상, 표면상 연관을 찾기 어려운 김강한의 주변을 계속 맴돌 까닭은 딱히 없어 보인다.

최고급 빌라

대건(大建) 빌라는 서울 근교에 자리 잡은 고급 전원 빌라 단지다. 사방으로 수려한 전망이 확보된 넓은 대지에 4층짜리 건물 5동이 널찍널찍하게 들어선 단지는 그 실속을 들여다보면 최고급 빌라로 조금의 손색도 없다.

넉넉한 지상 주차장에다 다시 지하에 세대별로 지정 주차장이 구비되어 있다. 그리고 3층과 4층 입주민 전용의 엘리베이터가 있어서 이웃들끼리도 서로 얼굴을 마주칠 필요가 없도록 프라이버시를 보장하는 시스템을 갖추고 있다. 뿐만 아니라 헬스 시설과 스파 시설 등의 각종 편의시설도 최상급으로 갖춰져 있다.

특히 보안 시스템은 백미다. 대지 외곽으로 넓게 쳐진 울타리 곳곳에 감시 카메라와 각종 방범 센서가 설치되어 있다. 빌라 단지 입구의 경비 본부에서 철저한 보안 관리를 하고, 다시 각 동별 경비 지부, 또 동의 각 통로 1층 입구마다에 경비 초소가 있어서 외부인의 출입을 엄격하게 통제한다.

당연히 빌라의 가격이나 생활 비용은 평범한 사람들로서는 쉽게 상상이 어려우리만큼 초고가이다. 그리하여 소위 부자나 권력층에 속하는 사람들, 그중에서도 세상의 이목에서 벗어나 조용하게 지내기를 원하는 사람들이 들어와 사는 곳이다.

그들만의 아지트

이철진은 대건 빌라의 50평형대 가구 4채를 확보했다. 그 4채의 가구는 한 통로에 있다. 즉 한 개 통로를 완전히 독점해 버린 것이다.

이철진은 농담 삼아 독점한 통로 전체를 그들만의 아지트로 명명했다. 물론 그들이라 함은 이철진 자신과 김강한, 그리고 쌍피와 중산, 또 진초희까지를 말함이다.

1층은 이철진 자신과 그의 수행원 둘이 쓴다. 수행원 둘 중 하나는 비서 역할이고, 다른 하나는 집사로 가사를 도맡아 처리하는 역할이다.

2층은 쌍피와 중산이 쓴다. 사실은 쌍피가 거동이 온전치 못해서 일상생활을 보조해 줄 사람이 필요했는데, 중산이 선뜻 그 역할을 하겠다고 자청해서 그렇게 구성된 것이다.

그리고 3층은 김강한이, 맨 위층인 4층은 진초희가 쓴다.

조용하고 표시 나지 않게

50평형대의 내부 실공간은 꽤나 넓다. 그걸 혼자서 쓰는 김강한과 진초희는 물론이고 둘과 셋이 쓰는 1층과 2층의 경우도 필요 이상으로 넓은 편이다.

넓은 집을 정돈하고 청결하게 관리하는 것도 보통의 일이 아니다. 그런데 그 '보통의 일이 아닌 것'은 사실 3층 김강한만의 문제이다. 1층과 2층, 그리고 4층은 집주인이 알아서들 잘하고 있으니 말이다.

하긴 3층의 문제도 결국은 문제가 아니긴 하다. 4층의 진초희가 때때로 내려와서 깔끔하게 정리를 해주곤 하니 말이다.

김강한도 때때로 4층으로 올라간다. 아주 조용하고 표시 나지 않게.

그 이상의 재미가 또 있을까?

쌍피와 중산이 이전에는 데면데면하기만 하더니 같은 공간에서 생활하면서부터는 아주 짝꿍이 잘 맞는다. 그런 탓에 김강한이 문득문득 소외감마저 느낄 정도이다.

그러나 김강한으로서는 전혀 상관없는 일이다. 중산과 쌍피가 그를 소외시켜도 언제든지 함께 놀 사람이 또 있는 것이다. 물론 진초희다.

사실은 진초희와 노는 것이 훨씬 더 재미있다. 굳이 재미있는 무엇을 하지 않아도, 또 다정한 말을 나누지 않아도 그저 함께 있는 것만으로도 좋다. 그러니 그 이상의 재미가 또 있을까?

오히려 비슷한 종류인 그들끼리는

1층에서 4층까지의 통로 전체를 그들끼리만 독점해서 쓰다 보니 얼마 지나지 않아서부터 자연스럽게 단일 생활권으로 되어가는 느낌이 있다. 마치 일가(一家)의 대가족 같은, 혹은 일종의 공동체 생활과 같은 형태라고 할까?

사실은 특별한 예외가 없는 한 대부분의 경우에는 1층 이철진의 집으로 모이게 된다. 휠체어에 의지하는 이철진이 다른 층으로 이동하기가 어렵기 때문이기도 하지만, 그것 못지 않은 이유는 1층의 가사를 맡아 하는 유창진의 요리 솜씨가 웬만한 요리사를 능가할 만큼 훌륭하기 때문이다. 좀 더 솔직히는 유창진의 솜씨가 훌륭하기 이전에 그를 제외하곤 요리를 제대로 할 수 있는 사람이 없다는 것이 더욱 절실한 이유이기도 하고.

그런 그들의 생활 형태는 다른 사람들이 보기에는 이상하거나 어색할 수 있겠다. 그러나 막상 그들 당사자들에게는 별로 어색하거나 불편하지 않다.

그런 건 그들 모두가 평범한 범주의 사람은 되지 못하는 때문일 수도 있다. 그리하여 다른 일반 사람들과 함께라면 어색하고 불편했을 텐데, 평범한 범주의 사람이 되지 못한다는 점에서 오히려 비슷한 종류인 그들끼리는 서로 의지가 되고 위안이 되는 것일 수도 있다.

어쨌거나 그들의 일상은 지금 여유롭고도 평화롭다. 그리고 그들 모두 이런 생활이 참으로 오랜만이다. 혹은 인생에 있어서 처음인 사람도 있다.

유산

걱정하던 것에 비하면 진초희의 유산상속 절차는 무난하게 이루어졌다. 그런 데는 우선 진초희의 아버지 진일남이 워낙 꼼꼼하고도 완벽하게 절차를 밟아놓아서 법적인 진행에 조금의 하자도 없는 덕이 컸다. 그리고 그 외에 세일 그룹 법무 팀이 조용히 개입하여 전반적인 절차가 원만히 진행되도록 지켜봐 주었고, 또한 진초희와 가장 가까이에서 이철진이 음으로 양으로 다방면의 도움과 편리를 제공해 준 덕도 빼놓을 수는 없겠다.

내심 우려하던 나카야마카이의 개입이나 방해는 없었다. 생각해 보면 진초희의 이복 오빠인 나카야마 마코토는 나카야마카이의 거대 조직을 고스란히 물려받았으니 진초희에게 남겨진 유산과는 비교 자체가 안 될 엄청난 유무형의 가치라고 하겠다. 그럼으로써 진일남이 조직의 자산과는 별개인 개인 재산으로 이복 여동생에게 물려준 유산까지를 굳이 무리를 범하면서까지 탐을 낼 필요는 없을 것이다.

그렇더라도 진초희가 물려받은 유산의 규모는 실로 엄청나다. 총액이 1조 원에 달하는 가히 천문학적 규모이다. 사실 그런 규모에 대해서는 김강한이 이미 알고 있는 바이긴 하다. 이전에 중산이 진초희를 지켜달라며 그녀가 처한 사정에 대해 말한 바가 있는 것이다. 물론 그때는 중산의 말을 있는 그대로 믿기 어려웠는데, 이번에 보다 분명하게 알게 되었다. 진초희도 그에게만큼은 세세한 부분까지 숨기려 하지 않았다.

또한 약간의 시차를 두고 이철진이 다시 슬쩍 알려주기도 했다. 즉 이철진이 그녀의 유산상속에 도움과 편리를 주는 과정에서 굳이 의도치 않게 알게 된 내용 전반에 대해 김강한에게 언질을 해준 것이다. 거기에 어떤 의도가 있는지는 김강한으로서야 알 수가 없는 노릇이지만.

변화

김강한은 사뭇 조심스럽게 진초희를 살피고 있는 중이다.

그렇지 않아도 그는 이미 그녀의 변화를 느끼고 있는 바다. 일본에서 돌아온 뒤부터다.

그녀가 상당히 대범해졌다는, 혹은 생각하는 스케일이 사뭇 달라졌다는 느낌을 받고 있는 것이다. 아무래도 큰일을 겪은 때문일까?

그런 중에 다시 그녀에게 1조 원이라는 엄청난 거금이 생겼다. 돈의 힘은 귀신도 부린다고 했으니 이제 그녀가 아주 다

른 사람으로 변하고 마는 게 아닌가 하는 걱정까지를 해보게
도 되는 것이다.

사실 별 의미 없는 충고

"그 돈으로 뭘 해야 할까요? 뭘 할 수 있을까요?"

진초희의 말에서 김강한은 갑자기 생긴 거대한 재산에 대
한 그녀의 고민을 어림짐작이나마 해본다. 물론 그가 답을 줄
수 있는 문제는 아니다. 또한 다른 누구에게 답을 구할 문제
도 아닐 것이다. 결국은 그 돈의 주인인 그녀 스스로가 답을
찾아야 할 문제이리라. 다만 그가 그녀에게 해준 말은 있다.

"그 돈이 어디로 도망갈 것도 아니고, 또 당장에 쓰지 않는
다고 무슨 문제가 생길 것도 아니니 조바심을 낼 필요는 없을
것 같은데? 그냥 느긋하게 기다리다 보면 조만간 생각이 정리
되겠지, 뭐."

별 의미는 없는 충고다. 그래도 그녀는 그의 말에서 제법
고민이 풀리기라도 했다는 반응이다. 그런 척일까? 사실 그
별 의미 없는 충고는 그가 요즘 스스로에게 자주 하는 충고이
기도 하다.

'조급해할 필요는 조금도 없으리라. 지금 누리고 있는 이 여
유로움과 편안함을 그저 즐기면 되는 것이리라.'

결산

이철진이 그동안 주력해 오던 서해 개발의 정리 작업이 이제 거의 마무리 단계에 와 있다.

그런데 원래는 각종 사업에 관련된 투자자들, 혹은 이해당사자들이 피해를 입지 않는 방향으로 원만하게 정리하려고 한 것인데 그게 의도대로 되지를 않았다.

서해 개발이 영위해 온 사업 대부분은 일대일 거래가 아니라 다수의 투자자가 복잡하게 얽혀 있고, 또한 단기의 단순 직접 투자 수익보다는 중장기적으로 다양한 형태의 간접 투자 수익이 걸린 방식이다. 그리하여 투자자들과 이해당사자들 각자의 지분을 정산하기 위해서는 그 얽힌 부분을 일일이 분리해 내야만 하는데, 그 과정이 몹시 난해해서 미처 예기치 못한 문제와 무리가 발생한 것이다. 가장 민감한 문제는 사업들을 단계별로 정리해 나가는 과정 중에 드러나지 말아야 할 음지 사업의 속성들이 어쩔 수 없이 노출되고 말았다는 점이다. 그런데 지분이 큰 투자자들과 이해당사자 중 상당수가 간단치 않은 사회적 신분과 명망을 지닌 입장이니 당장의 사업 정리로 얻을 이득보다 훨씬 더 큰 이차적 피해를 감수해야만 하게 된 것이다. 그리하여 차라리 자신들의 정산 지분을 조건 없이 포기하겠다는 사례가 속출했다.

결국 그런저런 이유로 인해서 서해 개발의 정리 작업이 거의 마무리되는 시점에서의 결산 결과 수천억 원에 달하는 거대 순자산이 남았다.

깊은 고민이 따라야만 하는 것

'명목상으로는 내게 귀속되어 있지만 그렇다고 내 것은 아니다.'

그 수천억 원에 대해 이철진은 그렇게 정의한다. 조상태에게 칼을 맞고 하반신 불수의 처지가 되면서 인과응보라 여기고 새 삶을 살기로 결심한 바 있는 그다. 그 돈에 대해 새삼스러운 감회나 욕심 따위가 생기지는 않는 것이다.

처음에 그는 공익단체나 사회봉사 단체에 기부를 할까도 생각해 봤다. 그러나 이내 그건 너무 쉬운 방법이라는 생각에 이르렀다.

아무리 그의 것이 아니라고 치부한다 해도 어쨌든 그가 일생을 고스란히 바치다시피 하여 일군 서해 개발로부터 비롯된 돈이고, 또한 여러 사람의 한숨과 고통, 피눈물이 스며 있을 수도 있는 돈이다.

그렇다면 그 돈을 어떻게 쓰느냐 하는 데 대해서 깊은 고민이 따라야만 하는 것이지, 그저 쉽게 기부나 위탁을 해버리는 것은 일종의 방치이고, 그럼으로써 그가 당연히 책임져야 할 부분에 대해 방기(放棄)하는 행위라는 결론이다.

귓등으로만

진초희와 이철진은 요즘 둘이서만 얘기를 나누는 일이 잦아졌다. 두 사람이 비슷한 고민을 하고 있기 때문이다.

김강한이 두 사람의 그런 사정에 대해 대강이나마 알고 있는 까닭은 그들 각자가 자신들의 고민에 대해서, 그리고 그 고민에 대한 두 사람의 논의가 어떤 방향으로 진행되고 있는지에 대해서 틈틈이 그에게 얘기를 해주기 때문이다.

다만 그런 얘기는 그에게 별 재미가 없는 얘기일 뿐이다. 이철진의 얘기도 재미가 없고, 진초희의 얘기도 재미없긴 마찬가지다. 그리하여 그에겐 재미없고 그들에게는 사뭇 진지한 그 얘기를 그들끼리만 하면 좋겠는데, 굳이 그에게도 얘기하겠다는 걸 억지로 못 하게 할 수도 없는 노릇이다.

그래서 그는 그들의 재미없는 얘기를 그냥 귓등으로만 듣는다.

장난치고도 별로 마뜩하지는 않다

김강한은 조금 색다른 일에 시간과 노력을 할애하고 있는 중이다. 바로 마사지다.

그 같은 할애는 전적으로 쌍피를 위한 것이다. 즉 일종의 경락마사지인데, 물론 그냥 시원하라고 해주는 서비스일 리는 없고, 쌍피의 회복에 조금이라도 도움이 되기를 기대하면서 해주는 그 나름의 성의다.

쌍피는 당연히 믿지 않는다. 그는 거의 극한에 이르도록 몸을 단련시켰던 입장이다. 그리하여 굳이 의학적인 소견에 의지하지 않고도 스스로의 몸 상태에 대해서는 거의 정확한 정도의 판단을 내려볼 수가 있다. 곧, 예전대로 몸이 회복될 거라는 기대는 결코 갖지 못하는 것이다. 어쩌면 남은 평생 동안 휠체어에서 벗어나지 못할지도 모른다는 각오까지 하고 있다.

그러나 그보다 앞서 이미 그런 처지로 살아가고 있는 이철진에게 조심스러워서라도, 혹여 절망하는 표시라도 드러날까 봐 오히려 조심하고 있는 중이다. 그러니 마사지에 대해서야 그저 잠깐 그를 위로하고 웃게 만들려는 김강한의 선의의 장난쯤이겠거니 하고 치부한다.

'그래도 그렇지, 마사지라니……'

장난치고도 별로 마뜩하지는 않다. 그러나 장난을 거는 상대가 김강한이니만큼 쌍피가 마지못해 대충 시늉으로라도 장단을 맞춰주려 한다.

그런데 김강한의 분위기가 장난이라고 보기에는 지나치게 진지하다. 그런 데는 쌍피가 감히 대충 시늉으로만 장단을 맞추지는 못해서 두 눈을 꽉 감고 몸을 맡기고 있는 수밖에 없다.

통렬하기까지 한 시원함

그의 몸을 두드리고 주무르는 김강한의 손길에 대해 쌍피가 어색함과 간지러움을 겨우 견디고 있는 중이다.

그런데 문득 그의 몸 내부에서 이상하고도 놀라운 일이 벌어지기 시작한다.

김강한의 손길을 따라 한 줄기 뜨거운 기운이 그의 몸속으로 들어와 내부를 마구 휘젓고 다니는 것이다. 그리고 그 뜨거운 열기가 지나간 곳마다 화끈거리고 욱신거리는 통증이 일어난다.

쌍피가 자존심 때문에라도, 혹은 김강한의 성의(?) 때문에라도 차마 비명까지는 지르지 못하고 몸을 뒤틀다시피 하며 겨우 버텨본다.

그러던 어느 순간이다. 몸을 뒤틀리게 만들던 고통이 문득 사라지면서 시원한 느낌이 그 자리를 채운다. 시원함. 그냥 시원한 정도가 아닌, 뭐라고 형언하기 어려운 쾌감까지를 동반한, 숫제 통렬하기까지 한 시원함이다.

'아아!'

목구멍을 비집고 나오려는 탄성을 쌍피가 애써 되삼킨다. 그것이 탄성인지 탄식인지는 그 스스로도 애매하다.

회복

쌍피가 이윽고 휠체어에서 일어선다. 그리고 부축받지 않고 혼자 힘으로 한 걸음을 내디딘다.

김강한으로부터 그 이상하고 놀라우며 신비롭기까지 한 마사지를 몇 차례에 걸쳐 받고 난 다음이다.

벅차게 솟구치는 감격을 애써 누르며 쌍피는 이를 악문다. 그리고 후들거리는 두 다리와 허리에 온 힘을 모아서 다시 한 걸음을 더 내디딘다. 어떤 감사의 말보다 그것이 오히려 김강한의 수고에 답하는 일일 것이다.

김강한은 더 이상 쌍피에게 마사지를 해주지 않기로 한다. 이제부터는 쌍피 스스로의 의지와 노력만으로도 재활이 가능할 것이다.

간절한 부탁

어느 날 갑자기 휠체어도 없이 현관을 들어서는 쌍피를 보고 모두 크게 놀라워한다. 이어 비록 둔하고 어설픈 움직임이기는 하지만 쌍피가 제 발로 걷고 있다는 데서 모두의 놀라움은 이윽고 경악에 달한다.

가장 감격한 이는 이철진이다. 그는 쌍피가 결국 걷지 못하고 자신과 같은 처지로 남은 평생을 살게 될 것에 대해 누구보다 가슴 아파했다. 그리하여 자신이 끝까지 그를 책임지리라는 각오를 하고 있던 중이다.

김강한은 그에게로 향해 있는 쌍피의 시선에서 간절함을 느낀다. 사실은 쌍피로부터 이미 부탁 하나를 받은 터이다. 이철진에 대해서다. 자신에게 베풀어준 것처럼 이철진도 장애에서 벗어나게 도와달라는 간절한 부탁이다.

슬쩍 손을 잡아오는 김강한에 대해 이철진은 당황스럽다. 갑작스럽게 웬 친한 척인가? 그러나 김강한의 손길이 다시금 슬그머니 그의 손목을 타고 올라 가볍게 움켜잡는 데서 그는 이내 생각이 복잡해진다. 그것이 맥을 짚는 행위임을 짐작한 때문이다. 이미 쌍피에게서 대강의 얘기를 들은 터다. 쌍피의 놀라운 회복이 바로 김강한의 신비로운 마사지 덕이었다는 것에 대해. 당연히 그로서도 설렘과 기대가 없을 수는 없다. 그러나 한편으로는 막연한 두려움과 함께 사뭇 복잡한 심정이 생기는 것도 사실이다.

허황된 공상에서나마

김강한이 겉으로는 그냥 한번 가볍게 짚어본다는 식이지만 내심은 사뭇 신중하다. 그러나 그는 이내 실망하고 만다. 이철진의 하지(下肢)로 가는 맥은 손상된 정도를 넘어서 완전한 파괴 수준이다. 곧, 그의 기(氣) 치료로도 효과를 볼 수 없다는 결론이다.

'지금 현재로서는!'

그가 굳이 그런 단서를 두어보는 것은 안타까움이다. 지금
은 불가능하지만 앞으로 그에게 더 큰 능력이 생긴다면 혹시
가능해질지도 모른다는 미련에서이다. 이를테면 금강부동공
이 그야말로 궁극의 경지에 이르러서 정말 '마음이 일어 행하
지 못할 것이 없게 되는' 그런 능력을 갖게 될 수도 있는 일이
아닌가? 비록 허황된 공상에 불과하지만 지금은 그 허황된 공
상에서나마 조금의 위안이라도 얻고 싶은 심정이다.

난 지금 이대로도 충분히 좋소!

"솔직히 마사지는 별 특별할 것도 없습니다. 사실 쌍피는 마
사지 덕을 봤다기보다는 자기 스스로의 노력으로 회복한 거
죠. 또 원래부터가 대단한 강골이잖아요? 그리고 아직 젊고
요. 아, 내 말은 그러니까… 이 고문께는 별 효과가 안 나타날
수도 있다는 그런 얘깁니다. 뭐… 또 쌍피 이상으로 효과를
볼 수도 있는 거겠지만… 어쨌든 크게 어려운 것도 아니니까
오늘 저녁부터라도 시간을 빼서 한번 받아보시죠, 뭐. 대신 마
사지 요금은 두둑이 챙길 거니까 그렇게 아시고. 하하하!"

김강한의 얘기가 꼬일 듯 말 듯 위태롭더니 어색한 웃음으
로 겨우 맺어진다.

이철진은 묵묵한 시선으로 김강한을 보고 있다. 아니, 그는 지금 스스로의 마음속에서 일어나는 파랑을 보고 있다. 회복에 대한 염원? 아니면 욕심? 진즉에 체념한 줄 알았더니 그도 모르게 그런 것들이 그의 속 깊은 곳에 여전히 뿌리를 살려두고 있던 모양이다. 그러나 이내 그는 체념에 이른다.

'내가 쌓은 악행에 대한 업보로 받아들이기로 하지 않았던가?'

비로소 체념이다. 숨어 있던 욕심의 뿌리마저 잘라내는 완전한 체념.

"조 대표의 마음은 고맙소. 그러나 난 지금 이대로도 충분히 좋소. 넘칠 만큼."

이철진은 이윽고 담담한 미소를 떠올린다. 평화롭다. 그의 지난 인생에서 이렇게 마음이 평화롭던 적은 없다.

그가 과연 우리에게 공감을 해줄까?

진초희와 이철진은 많은 얘기들을 나눴지만, 여전히 이렇다 할 결론에 도달하지는 못하고 있다. 다만 그들은 두어 가지의 공감을 구체화하긴 했다.

우선의 공감은 일단 둘의 고민거리를 하나로 합치자는 것이다. 그리하면 고민의 근원인 돈의 규모는 더욱 거대해질지라도 고민 자체는 나눌 수 있겠다는 데 대한 공감이다. 더하여 고민은 나눌수록 좋다는 취지에서 두 사람은 그들과 고민을 함께 나눌 다른 한 사람을 본격적으로 합류시키자는 데 대해 누가 먼저랄 것도 없이 또 한 번의 공감을 이룬다. 김강한이다.

그러나 동시에 '그가 과연 우리에게 공감을 해줄까?' 하는 회의에 다시금 공감을 이룬다.

이룸 재단

"초희 씨와 나는 우리 두 사람의 자산을 하나로 합쳐서 재단을 설립하기로 했소."

이철진의 그 말은 하나의 선언이랄 만하다. 그러나 김강한은 막상 시큰둥하다. 굳이 표현은 하지 않지만 '그래서요?' 하는 반응이다.

"이룸 재단! 우리가 만들 재단의 가칭이오."

"이룸 재단? 뭘 이루겠다는 겁니까?"

김강한이 마지못한 듯이 질문을 던진다.

"이룸이 아니라 이롭이요. 세상을 이롭게 하자. 보다 살기 좋은 세상을 만들자는 취지요."

그 대답에는 김강한이 설핏 새어 나오려는 실소를 애써 참는다. 너무 거창하다는 소감이 먼저 떠올라서다. 그가 다시 묻는다.

"무엇으로 어떻게 세상을 이롭게 할 건데요?"

"아직 구체적으로 정해놓은 건 없소."

"뭘 어떻게 할지 정해놓지도 않고 재단부터 만들겠다는 겁니까? 하긴 뭐, 돈 많은 사람들은 흔히 그렇게들 하는 모양이더라고요."

김강한의 그 말에는 진초희의 이마가 가볍게 찡그려진다. 김강한도 뒤늦게 살짝 당황스럽다. 그럴 의도는 아니었지만, 방금 그의 말은 약간의 왜곡 내지는 비아냥거림으로 들릴 소지가 다분하다는 걸 깨닫고서다. 그가 슬쩍 말을 보탠다.

"아무튼 훌륭한 취지 같으니 두 분이서 잘해보시길 바랍니다."

다분히 의례적인 멘트다. 공감을 하기는 어렵지만 진초희의 눈치를 보아서라도 일단은 좋은 말을 해주는 수밖에 없겠다.

같잖기 짝이 없는 소리

"초희 씨와 나만 잘해서 될 건 아니오."

이철진이 덤덤히 던지는 그 말에는 김강한이 또 설핏 의문을 가질 수밖에 없는데, 이철진이 빙그레 웃으며 덧붙인다.

"이롬 재단은 세 사람의 자본출자로 만들어질 거요. 나와 초희 씨, 그리고 또 한 사람은 바로 조 대표요. 그리하여 우리 세 사람이 공동으로 재단을 운영하게 될 것이오."

"······?"

잠시의 벙벙함을 두고서야 김강한이 반발하듯이 이의를 제기한다.

"그게 무슨 말입니까? 내가 왜요? 아니, 내가 무슨 돈으로 자본출자를 한다는 겁니까?"

이철진이 담담하게 답한다.

"10억 조금 못 미치는 돈. 기억나지 않소? 그때 조 대표가 내게 맡긴 돈 말이오. 그 돈을 이룸 재단의 자본금으로 출자하려는 거요."

김강한이 당황스럽다. 과연 그렇다. 그때 정호일을 단죄하고 나서 그것을 위해 쓰인 비용을 이철진에게 갚고자 했다. 이철진은 갚을 필요가 없는 돈이며 또한 갚아야 할 상대도 없다고 했지만, 그는 우선 그가 가진 돈 전부를 이철진에게 억지이다시피 건넨 것이다.

"그건 어디까지나 일을 의뢰한 대가로 지불한 건데, 그게 어떻게 내 돈입니까?"

"그때도 말했지만 난 조 대표에게 그 돈을 받을 까닭이 없소. 그래서 잠시 맡아두고 있었을 뿐이오."

그런 데는 김강한이 뭔가 뒷다리를 잡히는 듯한 심정이 되어서 설핏 목소리가 커진다.

"아니, 그것도 말이 안 되지 않습니까? 잠시 맡아둔 돈이라면 내게 다시 돌려줘야 하는 거지, 그걸 맘대로 출자하겠다는 건 또 뭡니까?"

그 말을 하고 나니 김강한이 또 영 면구스럽다. 그가 이철진에게 진 빚은 그 '10억 조금 못 미치는 돈'을 한참이나 상회해서 그때도 그가 가진 돈 전부로 우선 갚고 부족한 부분은 나중 언젠가 꼭 갚겠다고 한 것이 아닌가? 그런데 지금 아무리 상황이 좀 이상하게 되었다고 해서 '그 돈을 다시 돌려줘야 하는 거 아니냐?' 따위의 스스로 생각하기에도 같잖기 짝이 없는 소리나 지껄이다니 말이다.

혹시 제가 많이 잘못한 건가요?

"당신을 재단 이사로 참여시키자고 한 건 저예요."

불쑥 나선 것은 두 사람이 주고받는 대화를 가만히 지켜보고 있던 진초희다. 그런데 그녀는 별로 심각한 기색도 아니다. 방금까지 김강한과 이철진이 주고받은 사뭇 날 선 공방이 무색해지리만치. 이어 그녀가,

"미리 물어보지도 않고 제 맘대로 결정해서 미안해요. 하지만 이 일이 제가 꼭 해보고 싶어 하던 일이란 걸 누구보다 잘 아는 당신이니만큼 흔쾌히 제 결정에 수긍하고 또 지지해 줄 거라고 믿었어요."

오히려 생긋 웃는 얼굴로 덧붙인 말에 대해서는 김강한이 이윽고 내심의 된소리가 절로 나온다.

'꿍!'

그러나 다시 이어진 그녀의 말이야말로 결정타다.

"혹시 제가 많이 잘못한 건가요?"

그가 감히 이의를 제기할 싹을 완전히 잘라 버리는 말이다.

요약적 재구성

"자, 우리 세 사람의 뜻이 하나로 모아졌으니 이제 이룸 재단의 설립을 선포해도 되겠군요. 그럼… 실무적인 절차야 차츰 밟아도 될 것이고, 기왕 세 명의 이사들이 한자리에 모인 김에 첫 번째 재단 이사회를 한번 열어볼까요?"

진초희가 밝게 웃으며 하는 말에 이철진의 고개가 간단히 끄덕여진다. 그러나 김강한으로서야 수긍도 부정도 할 수 없는 애매한 입장인데, 진초희가 다시 말을 잇는다.

"우선 질문 하나를 던져볼까요? 음, 우리는 과연 무엇으로 어떻게 세상을 이롭게 할 수 있을까요?"

김강한이 방금 전에 이철진에게 물은 말 그대로다. 이철진이 아직 구체적으로 정해놓은 건 없다고 대답한 바도 있는. 그러나 이철진은 이제 그것이 마치 완전히 새로운 의제라도 된다는 듯이 사뭇 진지하게 받는다.

"여러 가지를 생각해 볼 수 있겠지만, 우선은 사회약자를 돕는 일도 한 예가 될 수 있을 겁니다."

"사회약자를 돕는 거라면 쉽게는 공공단체나 공익단체에 기부하는 방법도 있겠군요?"

"그러나 단순히 돈을 기부하거나 혹은 재정지원을 하는 것은 임시방편일 뿐이죠. 보다 근원적인 접근이 필요하다는 생각입니다. 이를테면 도움을 필요로 하는 대상이 처해 있는 실상을 정확하게 진단하고 그 삶의 질이 보다 근본적으로 개선될 수 있도록 실질적이고도 충분한 지원을 하는 것이죠. 그렇게 함으로써 향후에 그들이 다시 사회에 선의의 환원을 한다면 그런 것이야말로 우리 이룸 재단이 지향하는 바의 세상을 이롭게 하는 것이라고 할 수 있겠지요."

이철진과 진초희가 주고받는 대화는 마치 미리 작성된 대본을 읽는 듯한 느낌이 있다. 그럼에도 김강한은 사뭇 익숙한 느낌을 받는다. 그럴 수밖에 없는 것이 지난 며칠간 두 사람이 그에게 틈틈이 한 얘기이기 때문이다. 그에겐 영 재미없는 얘기라 그냥 귓등으로만 흘려들은 얘기 말이다.

그는 문득 확연해진다. 이런 대화를 통해서 두 사람은 지금 그들이 지난 며칠간 깊게 토론하고, 공감하고, 합의를 이끌어 낸 과정을 요약적으로 재구성하여 그에게 들려주려는 것임을.

필요악

"우리가 그런 일을 하는 게 과연 가능할까요? 그건 결코 단순한 문제가 아니어서 사회시스템의 전반적이고도 총괄적인 지원이 있지 않고는 가능하지 않을 것 같은데요? 그런데 우리는 영향력 있는 정치가도 아니고 그렇다고 명망 높은 사회 지도층도 아닌데, 솔직히 말해 돈 이외에는 달리 이렇다 할 역량을 가진 것도 없는데 과연 그런 일을 해낼 수 있을까요?"

진초희가 다시 묻고 있다.

"지금 현재로서는 가능하지 않다고 말할 수밖에 없겠지요."

이철진이 순순히 수긍하고 나서 다시 말을 잇는다.

"그러나 우리 이룸 재단이 보통 사람들이 생각할 수 있는 단위를 훨씬 초월하는 거대한 자금을 가지고 있음에도 다만 뚜렷하게 할 수 있는 무슨 일이 생기기를 막연히 기다리고만 있다면 어쩌면 그것 자체로 이미 옳지 않은 일이 될 수도 있다는 생각입니다."

"그 말씀에는 저도 동감이에요."

"그래서 일단은 쉬운 것부터, 우리가 충분히 할 수 있는 작은 일부터 한번 시작해 보는 건 어떨까요?"

"그런 일이 뭐가 있을까요?"

"우선 내 위주로 예를 한번 들어보지요. 보통 삶이 피폐한 계층일수록 사회적 부조리가 암세포처럼 번져 있는 경우가 많지요. 그런 부조리를 개선하지 않고는 그들의 삶이 근원적으로 개선되기는 어려운데, 그런 부조리의 속성과 또 그것을 어떻게 상대해야 되는지에 대해서는 나보다 잘 아는 사람을 찾기도 어려울 겁니다."

"그러니까 사회적 부조리의 예를 발굴해서 우리가 직접 한 번 어떤 액션을 취해볼 수도 있겠다, 그런 말씀인가요?"

진초희가 묻고 나서 이철진이 고개를 끄덕여 답하는 걸 보고 다시 말을 이어간다.

"그런데 사회적 부조리에 대해 우리가 직접 어떤 조치를 취한다는 건 아무래도 합법적인 테두리 안에서는 제약되는 부분이 많지 않을까요? 고문님께서 그런 쪽으로 충분히 잘 아신다고 해도 말예요."

"아마도 그럴 겁니다."

"그럼 결국 경우에 따라서는 불법도 불사하겠다는 건가요? 만약 그런 취지라면 그건 곤란한데요? 아무리 좋은 결과를 바라고 하는 일이라고 해도 그 과정이 불법에 의해 이루어진다면 결국에는 옳지 않은 일이 되는 것 아닐까요?"

"필요악이란 말이 있지요. 없는 것이 바람직하지만, 어쩔 수 없이 필요한 일, 이를테면 세상을 이롭게 하기는 어려워도 세상을 해롭게 하는 자들을 막는 게 상대적으로 쉽다면? 그렇게 함으로써 결국은 세상을 이롭게 하는 결과가 된다면? 그런 일도 일종의 필요악 같은 거라고 생각합니다. 물론 그런 건 역시 초희 씨가 지적한 대로 법과 상식만으로는 제약되는 부분이 많겠죠. 그러나 또한 그럼으로써 법과 상식에 준해 살아가는 보통의 사람들로는 감히 할 수 없는 일이기도 하겠죠? 바로 그런 측면에서 우리가 그 필요악의 역할을 해볼 의미를 생각해 볼 수도 있지 않을까요? 물론 그렇다고 하더라도 불법을 쉽게 정당화해서는 역시 곤란할 테니, 말하자면 합법은 아니지만 불법의 경계도 넘지 않는 선을 지키는 게 최선일 수 있겠죠. 그리고 아마도 우리가 가진 돈의 힘이 그 경계를 넓혀 줄 수도 있을 거라는 생각도 해봅니다."

이철진의 말이 끝나기를 기다려 진초희기 문득 엷은 웃음기를 머금으며 김강한을 돌아본다.

어쩌라고?

진초희가 다시 이철진과의 대화를 이어가고 있다.

"조심스럽지 않을 수 없네요. 우리가 어떤 상황과 마주했을 때 과연 그 상황에 고문님이 말씀하시는 필요악의 잣대를 들이댈 건지의 판단을 우리 스스로가 해야 한다면 다시 그 판단이 과연 옳은 판단인지의 검증은 또 어떻게 해야 할까요? 자칫 우리의 오만한 독단과 독선이 될 수도 있는 문제인데, 만약 그렇다면 우리는 필요악이 아닌 또 다른 사회악을 저지르고 마는 결과가 되는 건 아닐까요?"

"필요악의 기준을 어떻게 정하고, 또 그 범주를 과연 어떻게 판단할 것이냐 하는 문제에 대한 우려는 당연합니다. 신중해야 하고 분명한 검증이 필요하다는 점에 대해서도 전적으로 공감합니다. 충분히 객관적이고 견고하면서도 확실한 검증 수단과 체계가 마련되어야만 할 겁니다. 다만 그건 아무래도 시간이 소요될 테니 우선은 이런 방법으로 시범 적용을 해보는 건 어떨까요?"

"어떻게요?"

"사회적 이슈들에 주목해 보는 겁니다. 물론 사회적 이슈라는 게 보통은 초반에 지나치게 여론에 민감한 쪽으로 전개되는 경향이 있긴 하지요. 그러나 이내 다양한 시각에서의 의견이 도출되면서 폭넓은 토론과 의견 수렴 과정을 거치게 됩니다. 그런 만큼 우리는 객관적인 시각을 유지하면서 냉철하게 그 추이를 관찰하는 것만으로도 상당히 검증된 판단 기준과 근거들을 확보할 수 있으리라는 생각입니다. 물론 우리 자체의 시스템과 수단을 활용해서도 충분한 조사와 검증을 병행해야겠지요. 그리고 다시 최종적으로는 우리 세 사람의 의견이 명확히 일치되어야 한다는 조건을 두는 겁니다. 그 정도면 적어도 우리에게 확고히 신뢰할 만한 검증 수단과 체계가 마련되기 전까지 우리가 충분히 할 수 있는 작은 일을 선정하고 시작하는 기준은 되지 않을까요?"

이철진이 말끝에 김강한에게로 시선을 준다. 마치 자신이 말한 바에 대해 김강한의 동의를 구한다는 듯이. 그러나 김강한은 슬쩍 시선을 피한다. 이철진이 말한 '우리 세 사람'에는 그도 포함되어 있을 것이나 그것이야 어디까지나 그들 두 사람의 생각이지 그의 생각은 아니다.

"일단 그렇게 시작을 해보는 것도 괜찮겠네요. 그러면서 구체적인 방향과 기준을 수정 보완해 나갈 수 있을 테죠. 좋아요. 저는 동의하겠어요."

그렇게 두 사람의 대화는 이윽고 마무리되는 모양새다. 그리고 그 두 사람의 시선은 다시 김강한에게로 모아진다.

'어쩌라고?'

김강한의 심정이 딱 그렇다.

끼어들고 싶은 생각이 조금도 없는

김강한은 골치부터 아프다. 반사적인 거부 반응일 것이다.

물론 그 역시도 이제까지와는 좀 다르게 살아가기로 마음을 바꿔먹은 바는 있다. 그러나 그것이야 어디까지나 그가 소중하다고 정의한 사람들과의 교감을 확장해 나가겠다는 다분히 감성적이고 포괄적인 결심이다.

그런데 지금 저 두 사람이 얘기하는 바는 구체적인 명분과 또 사뭇 분명한 목적성을 갖는 일이다.

더욱이 그것은 그가 소중하다고 정의한 사람들에게, 물론 저 두 사람도 그중에 포함되는 것이지만 어쨌든 그들과 관련하여 어떤 시급성이나 필요성이 제기되는 것도 아니다. 게다가 사뭇 고차원적이고 이상적이기까지 한, 솔직히 말하자면 쓸데없이 복잡하고 심각한 종류의 것이라서 그로서는 끼어들고 싶은 생각이 조금도 없는 것이다.

우린 이미 함께인걸요?

"저기… 난 말이야, 그게 내 돈이라고 하기도 어렵지만… 하여튼 그냥 자본만 출자하는 것으로 할게. 난 골치 아픈 건 딱 질색인 사람이야. 그러니까 나는 빼고 그냥 두 사람이서 해. 얘기를 들어보니까 두 사람은 이미 충분히 준비도 돼 있는 것 같고, 나 없이도 얼마든지 잘하겠구먼, 뭘."

김강한의 그 말에는 진초희가 담담히 웃기만 한다. 마치 충분히 예상한 반응이라는 듯이. 혹은 그런 정도의 말쯤 그저 가벼운 푸념에 지나지 않는다는 듯이.

"골치는 나와 초희 씨가 아플 테니까 조 대표는 그냥 우리와 뜻만 함께해 주시오."

이철진의 그 말에는 김강한이 또 살짝 흔들리는 데가 있다. '뜻만 함께해 달라'고 하지 않는가? 결국 이름만 올려놓으면 된다는 얘기가 아닐까? 그런 정도라면 뭐 악착같이 안 하겠다고 버틸 것까지는 없을 터다. 그런데 김강한의 염두가 그렇게 굴러갈 때다.

"고문님, 그건 좀 아닌 것 같네요?"

진초희다. 김강한이 그녀를 외면하며 이철진에게 시선을 맞춘다. 그러나 이철진은 짐짓 밀뚱한 체를 하고, 그런 그에게서는 방금 전의 '뜻만 함께해 달라'는 자신의 발언에 대해 책임을 질 생각 따위는 전혀 비치지 않는다.

"우린 이미 함께인걸요?"

진초희가 생끗 웃는 얼굴로 명랑하게 덧붙인다. 김강한은 설핏 모호한 느낌이 되고 만다. 그녀가 말한 우리에 대해서다. 그것이 그와 그녀를 말하는 건지, 아니면 이철진까지를 포함하는 개념인지에 대해.

"아, 그런가요?"

이철진이 뒤늦은 추임새를 넣는다. 다분히 맞장구다. 그러곤 서로 은근한 미소를 교환하는 그 두 사람에 대해 김강한은 다시 당혹스럽다. 그녀가 말한 우리가 혹 그녀와 이철진을 말하는 것인지에 대해.

이미 알고 있는 사실

사실 김강한은 이미 알고 있다. 그가 아무리 잔머리를 굴려도 결국은 진초희와 이철진으로부터 온전히 자유로울 수는 없다는 사실을. 저 두 사람이 그에게 이미 소중한 사람인 이상에는 말이다.

다만 바라건대는 저 두 사람이 하려고 하는 일이 이철진의 말처럼 '충분히 할 수 있는 작은 일'로 그를 뺀 두 사람만으로

도 충분해서 그는 굳이 관련되지 않아도 되는 일이기를 바랄
뿐이다.

혹시 어쩌다가 불가피하게 그가 관련될 수밖에 없는 경우
가 생긴다고 하더라도 골치 아파지는 일은 절대 아니고, 그저
그가 심심풀이 정도로 슬쩍슬쩍 끼어들면 되는 그런 정도의
정말로 '충분히 할 수 있는 작은 일'이기를.

국외자

이후로 이룸 재단의 일이 어떻게 진행되는지에 대해 김강한
은 일부러라도 관심을 두지 않고 있다.

중산과 쌍피도 딱히 재단의 일에 관련하지는 않는 것 같다.
물론 아직까지는 그렇다. 언제라도 이철진이나 진초희가 부탁
을 할 경우, 그것은 곧 그들에게 절대로 거부할 수 없는 항명
불가의 지시 사항이 될 것이 뻔하니 말이다.

그러나 그건 또 나중의 일이다. 그때 가서 결국 그 혼자만
소외될지는 모르겠지만, 아직까지는 그들 셋은 다 같은 국외
자의 입장이다. 재단으로부터.

내실

이룸 재단은 빠르게 내실을 갖춰가고 있는 모양새다.

서울 시내에다 사무실도 마련했다고 하는데, 큰 빌딩의 몇 개 층을 전용으로 쓰면서 300여 명 규모의 인력을 운용할 계획이란다. 세부적으로는 기획, 총무, 법무, 재무, 보안 등의 재단 관리와 행정 업무 전반을 수행할 정직원이 100여 명, 그리고 재택근무를 병행하는 비정규직이 200여 명이라는데, 재단이 수행할 프로젝트를 선별하는 데 필요한 정보 수집과 분석을 주로 담당하게 될 전문직이란다.

다만 아직은 대부분의 사무 공간이 비어 있는 상태이고 인력 또한 이십여 명의 필수 인력만을 운용하고 있는 중인데, 그런 데는 인력을 뽑는 데 있어서 이철진이 워낙 신중하고도 꼼꼼한 때문이란다.

여러 계통을 통해 필요한 인재들을 추천받아 압축 선별하고, 다시 그들 개개인에 대해 두세 단계에 걸쳐 신중하고도 꼼꼼한 검증 과정을 거친 후에도 다시 최종적으로 진초희와의 공동 결정 형태를 거쳐 채용하고 있단다.

김강한이 국외자를 자처하는 중에도 그런 사항에 대해 제법 자세한 정도로 알고 있는 것은 이철진과 진초희가 수시로 진행 사항을 통보하고 있기 때문이다. 물론 일방적인 통보이고 또 그들은 그에게도 각 안건의 결정 과정에 참여하기를 요청했다. 그러나 그는 이런저런 구차한 핑계를 대가면서 요리조리 피해 다니는 중이다.

사뭇 회의적으로까지 되는 부분

김강한이 이룸 재단과 관련해서는 일관되게 별 관심을 갖지 않으려고 하지만, 다만 한 가지 가벼운 염려 정도를 해보는 건 있다.

즉 그렇게 큰 규모의 사무실과 인력을 운영하자면 얼마나 엄청난 돈이 들까에 대해서다. 아무리 재단의 자산이 조 단위라고 하더라도 무한정 써댈 수 있는 것은 아닐 것인데 말이다. 게다가 다른 사무실이 또 있다고 한다.

이른바 메인 오피스와 헤드 오피스 이원화 체제라는데, 즉 앞에서 말한 사무 공간이 메인 오피스로 불리고 작은 규모의 헤드 오피스로 불리는 시설이 또 있다는 것이다. 재단의 사령부쯤 되는 곳이라는데, 주 용도는 재단의 이사회, 그러니까 단세 명의 이사—실질적으로는 두 명에 불과하지만—를 위한 별도의 집무 공간이란다.

그런 데 대해서는 김강한이 사뭇 회의적으로까지 되는 부분이 있다. 이른바 메인 오피스는 필요에 의한 것이라고 치더라도 헤드 오피스는 굳이 필요하지 않은, 그래서 사치라고 할수도 있겠다는 생각에서이다.

그들이 자신들의 전 재산을 쏟아부어 이룸 재단을 만든 것은 분명 훌륭한 취지이고 또한 진정이라고 할 것이다. 그러나 그런 진정성과는 별개로 그들이 한편으로는 그처럼 막대한

부를 가진 입장에서 자신들도 크게 의식하지 않는 중에 그 정도쯤의 사치는 누리고 싶은 것인지도, 혹은 누려도 괜찮다고 생각했는지도 모르는 것이다. 그가 헤드 오피스에 대해 '서울 쉼터'쯤으로 정의를 한 것도 그런 회의에서 비롯된 것이다.

이중생활을 누리려고 한다는 근거

사실은 제법 분명해 보이는 근거가 있기도 하다. 그가 재단의 헤드 오피스를 서울 쉼터라고 정의한 근거 말이다.

단적으로 헤드 오피스에 딸린 부대시설이다. 즉 헤드 오피스에서 얼마 떨어지지 않은, 걸어서도 15분 안쪽의 가까운 거리에 주거용 오피스텔을 따로 마련해 놓은 것이다.

그 오피스텔은 한 층에 네 가구가 같은 복도를 쓰는 형태인데, 그 네 가구 전부를 독점한 것이다. 그럼으로써 대건 빌라의 기존 아지트에서와 같이 이철진이 한 집, 쌍피와 중산이 또 한 집, 김강한과 진초희가 또 각각 한 집을 쓰는 형식이 되는 것이다.

더욱이 집들은 기존 아지트와 비슷한 넓이에 또 각자의 집에는 가구와 장식까지도 비슷하게 구비해 둠으로써 낯설지 않고 익숙한 느낌이 나도록 배려까지 해두었다고 한다.

그쯤 되면 거의 분명해지지 않는가?

기존 아지트가 서울 생활권에 있음에도, 그래서 굳이 필요

하지 않음에도 그들이 단지 조금의 편리함을 더 누리기 위해
서울 도심에다 따로 거처를 만들고 주중에는 서울 도심에서,
주말에는 근교의 전원 아지트에서 사뭇 여유로운 이중생활을
누리려고 한다는 근거가 말이다.

제2장
—
전원일치

정말 대단한 진짜 남자

　이철진과 진초희가 서울에서 바쁘게 일하는 주중에 대건 빌라의 아지트에는 김강한과 쌍피, 그리고 중산만 남는다. 예의 국외자들이다.

　그런데 딱히 해야 할 일이 있는 것도 아니고, 또 달리 특별한 관심사가 있는 것도 아니어서 국외자들은 심심하고 무료하다.

　그리고 그런 심심과 무료는 시간이 가면서 점점 더 견디기 힘들 만큼 되어가고 있는 중이다. 그래서 사람은, 그중에서도 특히 남자는 뭐라도 할 일이 있어야 한다고 하는 모양이다.

중산 같은 경우는 슬쩍슬쩍 눈치를 보는 것 같다. 재단에서 뭣 좀 간단한 일이라도 시켜주지 않나 하고. 그러나 그런 눈치에도 김강한은 쉽게 중산을 타박하지 못한다. 사실 이제쯤에는 그 역시도 아주 조금쯤은 그런 생각이 들기 시작하는 중이다.

저쪽에서 굳이 좀 해달라고 부탁하는 일이 있다면 짐짓 생색을 내면서 설렁설렁 끼어들어 볼 마음이 슬며시 생기는 것이다. 물론 그것은 골치 아픈 일은 절대 아니어야 하고, 그저 심심풀이 정도로 슬쩍슬쩍 끼어들면 되는 그런 작은 일이어야 할 것이다.

'재단과 관련해서는 아예 관심이 없다고 하더니 왜 갑자기 마음이 바뀌었나?'

누가 빈정댄다고 해도 별 상관은 없을 일이다. 그가 본래 마음 내키는 대로 사는 사람이란 건 이미 두루 인정을 받고 있는 터이니 말이다.

다만 그런 점에서 새삼 인정하지 않을 수 없는 것은 쌍피에 대해서다.

그는 요즘의 심심과 무료에 대해 전혀 아무런 표시를 내지 않을뿐더러 다시 되찾은 절대 무심을 오만하리만치 꼿꼿하게 유지하고 있는, 그야말로 정말 대단한 진짜 남자다.

소주 한잔 얘기만 안 했어도

"우리 서울 쉼터에 한번 놀러가 볼까요?"

중산이 불쑥 뱉은 건 어느 수요일 오후다. 김강한이 설핏 이마를 찡그렸으나 타박은 하지 않는다. 사실 그도 속으로는 '그래 볼까?' 하는 생각이 들어서다.

그가 흘깃 쌍피를 본다.

그러나 쌍피는 여전히 '진짜 남자' 모드다.

"잠깐 다녀오시죠? 거기 쉼터의 우리 집을 어떻게 해놨는지 구경도 하고, 또 오랜만에 시내에서 소주도 한잔하고……."

중산의 그 말에는 김강한이 더욱 솔깃해지고 만다. 그러고는 이윽고 못 이긴 체 고개를 끄덕인다. 그래도 내심으로는 끝까지 핑곗거리를 만들어보면서.

'제길, 소주 한잔 얘기만 안 했어도……'

술을 무한정 퍼마시면?

그들 세 명의 국외자는 소주 한잔을 걸치고 집으로 돌아가는 중이다. 비록 실내 포장마차이긴 하지만, 그래도 서울 시내에서 한잔을 한 건 정말 오랜만이다.

특히 쌍피는 다친 이후에 처음 술을 입에 대는 것이어서 나름 감회가 깊은 모양새다.

남은 평생 반신불수로 살아가리라고 체념하기도 했는데, 이제 소중한 사람들과 함께 소주를 마셔도 될 정도로 몸이 회복되었으니 아무리 무심한 성격의 그라도 감회가 생기지 않을 수는 없을 것이다.

그들이 돌아가고 있는 집은 당연히 서울 쉼터다. 걸어서 15분쯤이니 가깝다면 가깝고 멀다면 먼 거리다. 김강한은 택시를 탔으면 하는 생각이 있으나, 역시 오늘따라 취한 기분을 내고 싶어 보이는 중산이 먼저 선수를 친다.

"날씨도 선선하니 좋은데, 술기운도 식힐 겸 산책 삼아 걸어가시죠?"

하고는 먼저 설렁설렁 앞장을 선다. 김강한이 가벼운 실소를 머금는다. 역시 술이 좋다. 만약 술기운이 아니었다면 중산이 그 앞에서 감히 저런 호기를, 아니, 객기를 부리지는 못했으리라.

그리고 그 또한 중산의 저런 턱없는 객기에 대해 수수롭게 그냥은 넘어가지는 않았으리라.

"술은 역시 분위기로 마시는 것 같습니다."

중산은 아까부터 계속 혼자서 중언부언이다.

제법 술기운이 올랐는지 걸음걸이도 설렁설렁해 보인다. 정작 취기를 느낄 법도 한 쌍피는 여전히 무심하고도 꼿꼿한 모습인데도.

그러나 김강한은 중산이 조금쯤 부럽기도 하다. 그는 이제 웬만큼 술을 마셔서는 좀처럼 취기를 느끼기가 힘들다. 아마도 금강부동공 때문인 것 같다.

[부동신과 금강신, 곧 외단과 내단은 상생의 이치로 외부의 자극과 충격을 촉매로 삼아 끊임없이 서로를 보완하는 과정을 수행하면서 스스로 강해진다.]

바로 구결의 이 대목 때문인 듯한데, 즉 술을 외부로부터 가해지는 일종의 자극과 충격으로 인식해서 외단과 내단이 상생의 이치로 해독을 해버리는 모양이다.

그런 짐작을 하고 있으려니 문득 쓸데없는 상상으로 이어진다.

'만약 그렇다면? 술을 무한정 퍼마시면? 외단과 내단이 서로 보완하고 강해져서 이윽고는 완전한 금강신, 곧 진짜로 금강불괴가 될 수도 있는 걸까?'

있을 수 있는 일

설렁설렁 인도를 걷던 중산의 발걸음이 도로변에 인접한 작은 공원으로 불쑥 들어서고 있다. 공원이라기보다는 조금 넓은 정원이라는 게 어울릴 정도의 아담한 규모에 불과하지만, 서울 도심의 금싸라기 땅에서는 보기 쉽지 않은 녹지다. 그나마 주변에 초등학교와 중고등학교가 몇 개 모여 있어서 가능한 환경일 것이다.

넓지 않은 공원이지만 어두운 밤에 드문드문 선 가로등 불빛만으로는 제법 으슥한 구석도 있다. 젊은 열기를 주체하지 못한 데다 데이트 자금도 풍족하지 못한 가난한 아베크족들이 궁색하게나마 찾아들 법한 분위기다 싶은데, 과연 안쪽 구석 으슥한 곳에서는 사람의 그림자가 어른거리고 속삭이는 듯한 소리도 들린다.

괜한 관심이 가기도 하지만 김강한 등의 세 사람이 그래도 다 삼십은 넘어 조금은 점잔을 뺄 줄 아는 나이이니 모른 체 그냥 지나쳐 줄 일이다.

그런데 그때다. 안쪽 구석의 분위기가 뭔가 좀 이상하다. 뜨거운 청춘들의 열렬하거나 혹은 애절하거나 한 분위기가 아니라 뭔가 좀 험악한 느낌이다.

사실은 쌍피나 중산은 보지 못하는 것을 김강한은 벌써부터 보고 있는 중이다. 그 으슥한 구석에 지금 십여 명이 몰려 있으며, 그중에 셋은 무릎을 꿇린 채로 위협을 당하고 있다는 것을. 역시나 내공 덕일 것이다.

김강한이 상황을 알면서도 웬만하면 모른 체 그냥 지나치려 하는 것은 어쨌든 그것이 있을 수 있는 일이라는 생각에서이다. 즉 그런 비슷한 상황 내지 사정은 지금 이 순간 이 나라의 또 다른 어느 곳, 나아가 세계의 또 다른 어느 구석에서도 일어나고 있지 않겠는가?

좀 더 솔직히 말하자면 귀찮아서다. 그와 무관한 남의 일에 굳이 개입하고 싶지 않은.

아주 제멋대로다!

"도와주세요……"

겁에 질린 듯이 희미하게 겨우 외치는 소리가 들리더니 그 끝에 '악!' 하는 외마디 비명이 터져 나온다.

중산이 멈칫 걸음을 멈추고, 쌍피는 힐끗 김강한의 눈치부터 살핀다.

그러나 김강한이 짐짓 못 들은 체하자 쌍피 또한 무심한 기색을 바꾸지 않는다. 결국 모른 체하지 못하고 나선 것은 중산이다.

"거기 뭡니까? 무슨 일이에요?"

중산의 외침에 김강한이 짜증부터 확 솟는다. 이 사람이 아까부터 계속 자기 혼자서 기분을 내더니 이제는 또 무슨 의혈남아의 흉내라도 내볼 참인가? 아주 제멋대로다. 천하의 쌍피도 그의 눈치를 보고 있는데 말이다. 그러나 그가 뭐라고 타박을 할 틈을 주지 않고 중산은 벌써 성큼 걸음을 옮겨가고 있다.

일을 만든 사람이 알아서 하겠지!

어슴푸레한 그쪽 구석에서 사내 일곱이 어슬렁거리며 나온다. 그런데 가로등 불빛에 드러나는 그들은 덩치는 크지만 얼굴은 한눈에 알아볼 만큼 앳된 십대들이다. 고등학생쯤? 그런데 녀석들 중에서 웬만한 어른을 능가하는 덩치를 지닌 녀석하나가 성큼 나선다.

"어이, 아자씨! 무슨 일인지는 왜 물어싸? 그딴 건 알아서 뭐 할라꼬?"

한껏 껄렁대는 몸짓과 말투다. 그러나 노려보는 녀석의 눈빛이 사뭇 대차다. 중산도 어이가 없는지, 혹은 '혼자서 취한 기분'이 한순간에 싹 날아가 버렸는지 당장에는 뭐라고 대응하지 못하는 모습이다.

김강한이 괜히 헛웃음이 나오는 걸 참고 있는 중에 쌍피가 또 힐끗 그의 눈치를 본다.

고등학생이라고 하더라도 일곱이나 되는데 중산 혼자 상대하게 돼도 되겠느냐는 뜻이리라. 그러나 김강한은 그 눈치를 모른 체한다.

'일을 만든 사람이 알아서 하겠지!'

그런 심정이다. 중산에 대한 못마땅함이기도 하지만, 그 혼자서도 감당할 만하다 싶어서다. 중산이 야쿠자 출신으로 제법 강단이 있고 싸움도 꽤나 해본 사람으로, 상대 일곱이 한

꺼번에 달려들면 또 모르겠지만, 기껏 십대들이다. 기선만 제압한다면 얼마든지 다룰 수 있을 것이다.

대책 없이 난폭하기는 하다

"이봐, 학생들!"

중산의 말에 예의 그 덩치 녀석이 대뜸 치받는다.

"학생들? 어이, 형씨! 우리가 학생으로 보이나 보지?"

이어 녀석이 뒤를 돌아보며,

"얘들아, 이 같잖은 형씨가 우리를 띄엄띄엄 보는가 보다?"

하자 패거리가 와자하니 웃어젖힌다. 그러더니 등 뒤로 감춰두고 있던 것들을 꺼내 드는데, 쌍절곤에 쇠사슬 체인, 망치, 등산용 도끼까지 있다.

중산이 뒤로 주춤 물러난다. 도무지 거침없고 겁 없어 보이는 놈들의 기세에 설핏 질리는 것도 있지만 '애들을 패, 말아?' 하는 갈등에 대해서도 선뜻 결정하지 못해서다. 기껏해야 고등학생으로 보이는데, 그런 애들을 팼다가는 그 뒷감당도 걱정해 보지 않을 수 없다.

'저 사람이 야쿠자이던 사람 맞아?'

중산이 주춤거리는 모습에 김강한이 얼굴을 찌푸리고 만다. 기선만 제압한다면 충분히 다룰 수 있을 것이라 여겼더니 이건 오히려 기선을 제압당하는 형국이다.

하긴 요즘 애들이 죽고 죽이는 폭력 게임을 너무 많이 해서 그런지 기껏 고등학생들이 저런 흉기를 가지고 다닌다는 것만으로도 대책 없이 난폭하기는 하다. 그때다. 쌍피가 성큼 앞으로 나선다. 아마도 김강한의 찌푸림을 나름 해석한 모양이다.

돌아온 쌍피!

쌍피가 크게 두세 걸음을 나가는가 싶더니 어느 틈에 예의 그 덩치 녀석의 앞으로 다가섰고, 다시 다음 순간 그의 몸이 급가속도가 붙은 팽이처럼 팩 하고 회전한다. 이어 짝 하는 찰진 소리가 나며 덩치 녀석의 고개가 한쪽으로 홱 돌아간다. 그러나 그 일격의 충격은 그다지 크지 않아서 녀석은 다만 놀라고 얼떨떨해할 뿐이다. 그렇더라도 녀석을 포함한 그 패거리가 일시에 얼어붙고 마는 모습이다. 덩치 녀석의 뺨을 때린 것은 쌍피의 구두 바닥이다. 그야말로 눈부신 발재간이며, 그리하여 그들이 감히 엉겨볼 상대가 아님을 반사적으로 깨달은 것이리라.

"가라!"

쌍피의 그 차갑고도 무심한 한 마디가 더해지는 걸로 충분했다. 녀석들이 주춤주춤 뒷걸음질을 치다가는 이내 앞을 다투며 총알처럼 사라진다.

김강한이 찌푸리고 있던 얼굴을 비로소 편다. 그가 바라던 바를 쌍피가 단박에 풀었다. 단번의 기선 제압으로 코피 한 방 내지 않고 애들을 줄행랑을 치게 만든 것이다. 얼마나 깔끔하고 또 얼마나 효율적인가? 과연 쌍피다. 이제는 완전히 예전 모습으로 돌아온 쌍피.

그런 거 아닌데요?

애들 셋이 그대로 남아 있다. 아까 일곱 무리에게 당하고 있던 치들이다. 녀석들의 모양새가 사뭇 엉거주춤하다. 공원에서 나가자니 먼저 간 무리가 밖에서 기다리고 있을 것 같고, 또 남아 있자니 방금 엄청난 실력을 보인 데다 차갑기는 얼음장 같은 냉혈한이 또 두렵고. 아마도 그런 심정일 것이다.

"너희들, 괜찮냐?"

중산이 묻는다. 녀석들이 그제야 구원이라도 만난 듯 한숨 돌리는 기색이 되더니 한 녀석이 작은 소리로 대답한다.

"예."

"너희들, 학생이지? 고등학생? 몇 학년?"

"2학년이요."

"아까 걔들도?"

녀석이 쭈뼛거린 다음 조금은 풀 죽은 소리로 대답한다.

"걔들은 1학년인데요."

"뭐?"

중산의 어이없다는 반응에 녀석이 입을 꾹 다물고 만다. 제 딴에도 민망한 게 있는 모양새다. 그에 중산이 가볍게 혀를 차고는 훈계조가 된다.

"야, 아무리 그래도 그렇지, 사내자식들이 어떻게 동생들한테 맞고 다니냐? 그렇게들 배짱이 없어? 너희들이 지레 겁을 집어먹으니까 걔들이 쉽게 얕잡아 보고서 형님 대접을 안 해주는 거야, 인마!"

"그런 거 아닌데요?"

녀석이 제법 인상을 그리며 대꾸한다.

"아니긴 뭐가 아냐? 그리고 안이면 바깥으로 하면 될 거 아냐, 짜샤!"

중산의 시답지 않은 개그에 녀석이 입을 삐죽거리는 시늉이다. 그래도 녀석은 한결 편해지는 기색이다.

고등학교 1학년짜리들이

"반항했다가는 걔들이 우리를 죽일걸요?"

녀석의 말에 중산이 실소하며 짐짓 인상을 그린다.

"이 자식 이거 말하는 것 좀 보게? 뭐, 죽여? 걔들이 무슨 살인마라도 되냐? 사람을 막 죽이게?"

"걔들 뒤에는 조폭이 있다고요!"

"뭐? 조폭?"

중산이 어이없어 반문할 때다.

"그만해, 새꺄!"

옆의 녀석이 나직이 쏘아붙인다. 물론 중산과 말을 나눈 녀석을 향해서다.

"뭘 그만해, 새꺄! 내가 뭘 어쨌다고?"

"괜히 쓸데없는 얘기 하지 말라고! 책임도 못 지면서!"

녀석들이 이윽고는 지들끼리 다툼이라도 벌일 태세인데, 대충 짐작해 보건대 괜히 이런저런 얘기를 늘어놓았다가 나중에 좀 전의 그 무리에게 당할 후환을 두려워하는 듯하다. 중산이 짐짓 모른 체하고 몇 마디를 주고받은 녀석에게 다시 말을 건넨다.

"야, 인마! 요즘 세상이 아무리 험악해도 그렇지, 이제 고등학교 1학년짜리들이 조폭하고 어울린다는 건 뻥인 것 같은데?"

"뻥 아닌데요? 아까 걔들, 우리 학교 1학년 짱인 조하성이 옆에서 똘마니 노릇하는 애들인데, 조하성이 친형이 진짜 조폭이에요! 그것도 되게 유명한 조폭이거든요? 그래서 3학년 일진 형들은 물론이고 학교 선생님들도 조하성이는 함부로 못 건드려요!"

"선생님들까지 조폭을 두려워해서?"

"그런 것도 있겠지만, 조하성이 아빠가 검찰의 엄청 높은 자리에 있다고 그러고, 걔네 엄마도 교육부의 무슨 사무관인가 그래서 선생님들이 알아서 긴다고 하네요!"

"허!"

중산이 이윽고는 탄식을 뱉고 만다. 녀석의 말이 상당히 구체적이라 거짓말이나 허풍 같지는 않다,

얄궂은 버릇 같은 거랄까?

"윤상일이라는 우리 친구가 있는데, 걔가 조하성 패에게 일방적으로 맞았거든요? 윤상일이는 혼자였고 저쪽은 조하성이하고 다섯 명이었다고 하는데, 윤상일이가 심하게 다쳐서 병원에 입원까지 했거든요! 학교에서 난리가 났는데, 처음에는 조하성 패들이 병원에 찾아가서 윤상일이한테 무릎을 꿇고 용서도 빌고… 그걸 찍어서 페북에도 올렸어요! 그런데 나중에 학폭위가 열리면서 일이 이상하게 되더라고요!"

녀석의 얘기가 사뭇 엉뚱한 방향으로 번져가고 있다. 마치속에 묻혀두고 있던 하소연을 풀어내는 듯하다.

"학폭위가 뭐야?"

중산이 이마를 찡그리며 묻는데, 어느덧 사뭇 집중하고 있는 모습이다.

"학교폭력 위원회요!"

그런 것도 모르냐는 식으로 녀석이 짐짓 핀잔을 주고는 중

산이 다시 끼어들 틈을 주지 않고 제 얘기로 돌아간다. 그런 녀석 역시 어느덧 스스로의 얘기에 빠져든 모양새다.

"처음에는 조하성이한테 퇴학이 떨어졌어요. 모두가 당연하다고 생각했지요. 그런데 2차 학폭위 회의에서 퇴학이 취소되고 2주간 정학으로 바뀌더라고요? 조하성이가 병원에 찾아가서 윤상일이한테 무릎 꿇고 사과한 걸 진정성이 있다고 보고, 또 그날 폭행이 일방 폭행이 아닌 쌍방 폭행이라는 진술이 있기 때문이라고 하더라고요. 윤상일이가 맞기만 한 게 아니고 같이 때렸다는 거예요. 근데 5 대 1인데 그게 말이 돼요? 윤상일이가 싸움을 되게 잘하는 친구도 아닌데요."

녀석이 제풀에 분개하는 모양으로 숨을 한번 깊게 들이쉬고는 다시 잇는다.

"그다음에 사건이 경찰로 넘어갔는데, 경찰 조사에서는 더 이상한 일이 벌어졌어요! 그날 싸움은 조하성이하고 윤상일이 둘만 했고, 그 과정에서 윤상일이가 흉기를 휘두르는 걸 옆에 있던 애들이 말렸다는 거예요! 얘기가 그렇게 되니까 윤상일이가 오히려 죄가 커지고 조하성이는 피해자 비슷하게 되어버리더라고요! 그런데 그게 아니란 건 우리 학교 애들이라면 전부 다 아는 사실이고, 그래서 우리가 인터넷에다 사실은 이렇다고 내용을 올렸거든요? 그것 때문에 아까 걔들이 우리를 여기로 불러낸 거예요! 쓸데없는 짓 하지 말라고! 한 번만 더 하면 죽여 버린다고!"

"허!"

중산이 다시금 탄식하고는 김강한을 돌아본다. 처음에는 단지 애들이 너무 기가 죽어 있는 것 같아서 몇 마디 격려 겸 충고나 해서 보낼 생각이었다가 이제 얘기가 전혀 엉뚱한 쪽으로 흘러가자 사뭇 당혹스러워진 것일 터다.

무심하게 듣고 있는 체를 하고 있지만, 사실 이제쯤에는 김강한으로서도 뭔가 슬며시 당기는 게 있다. 흥미다. 그가 웬만한 일에는 귀찮아서라도 관심이 없지만, 이렇게 꼬인—단순하게 꼬인 게 아닌, 뭔가 좀 뻑적지근하게 비비 꼬인—느낌을 대하고 나면 슬며시 흥미가 돋는 것이다. 얄궂은 버릇 같은 거랄까? 아마도 그가 금강부동공의 힘을 실감하고 난 뒤부터 생겼을.

그저 그러려니 하고 넘어갈밖에

이롬 재단의 헤드 오피스에 다섯 사람이 모인다. 원래는 3인 회의가 열려야 할 자리이다. 그러니까 이철진과 진초희, 김강한 세 사람 간의 회의여야 했는데, 물론 그것 또한 명목상 그렇다는 것이고 실상은 김강한을 뺀 2인 회의로 진행되어 오던 실정이지만, 어쨌든 오늘은 김강한이 일방적으로 중산과 쌍피를 대동하고 불쑥 나타나는 바람에 그렇게 되어버린 것이다.

이철진이 잠깐 미간을 좁히지만 이내 담담하게 웃는 표정
을 만든다. 재단 이사회의 회의를 하는 동안 중산과 쌍피에게
밖에서 기다리라고 하려다가 다시 그냥 있게 하는 것으로 마
음을 바꾸는 과정에서의 표정 변화이다. 딱히 특별하거나 중
요한 결정 사항이 있는 것도 아닌데 굳이 두 사람을 따로 나
가 있으라고 할 필요까지는 없겠다는 생각에서다. 요 며칠 그
들과 김강한이 짝짜꿍으로 온종일 어울려 다닌다는 걸 알고
있는 터이고, 또 이 자리의 모두가 사실상 한식구가 아닌가 말
이다. 더욱이 진초희가 어찌 되었건 김강한이 와준 것만으로
좋다는 듯이 계속 생긋거리며 웃는 얼굴인 데야 그가 또 무
슨 말을 할 수 있겠는가? 재단의 공동 이사 세 사람 중 두 사
람이 짝짜꿍인 데야 그가 또 뭘 어쩌겠는가 말이다. 그저 그
러려니 하고 넘어갈밖에.

굳이 말리지는 않겠다는 정도

회의는 이철진이 주재한다. 주재라고 해봐야 그간 재단의
주요 업무 사항과 경과 사항에 대한 공지 및 공유를 하는 정
도에 불과하지만.

요즘 재단의 핵심 추진 사항은 재단 차원에서 처음으로 수
행할 이른바 시범 과제를 선정하는 것이다. 그런데 처음에는
간단할 줄 알았더니 막상은 여태 이렇다 할 진전을 보지 못하

고 있다. 무슨 일이든 처음 시작이 어렵다는 말도 있듯이 다수의 상황을 대상으로 정해놓고 열심히 정보를 수집하고 또분석에 분석을 하고 있지만, 이모저모를 너무 재는 까닭인지 아직껏 최종 선정 단계에 이르지 못하고 있는 중이다.

김강한이 시큰둥하니 듣고 있는 중인데, 중산이 힐끗 그를 본다. 뭔가 할 말이 있다는 듯한데, 그의 눈치를 보는 모양새다. 그가 슬쩍 시선을 피해준다. 할 말이 있으면 해보라는 것보다는 굳이 말리지는 않겠다는 정도다. 어쨌든 중산은 그것을 허락의 표시로 받아들인 모양이다.

충성심, 유대감, 위압감

"저기… 주제넘은 줄은 알지만, 제가 한 말씀 드려도 되겠습니까?"

성큼 끼어드는 말에 이철진이 가볍게 시선을 준다. 그러나 그 담담한 시선에 중산은 여지없이 움찔하고 만다. 요즘 그에게 가장 어려운 사람은 사실 진초희도 김강한도 아닌 이철진이다. 그가 진초희에게는 무조건의 충성심이 있거니와 그녀에게도 또한 그를 위하는 진정이 있다는 걸 안다. 그리고 김강한에게는 그 놀라운 능력에 대해 경외감을 가지는 한편으로 사뭇 각별하달 유대감 같은 것도 있는데, 아마도 일본에서 생사고락을 함께한 뒤로 생긴 것이리라. 그리하여 그가 혹여 잘못된 짓을 벌인다고 해도 김강한이 그 예측 불허에다 제멋대로인 성격에도 불구하고 설마 그를 아예 죽이지는 않으리라는 일종의 믿음을 가져보는 데가 있는 것이다. 물론 그 혼자만의 착각일 수도 있지만. 그런데 그는 이철진에게만큼은 늘 무언지 모를 위압감을 느끼게 된다. 이철진을 볼 때마다 마치 집안의 큰 어른을 대하는 듯한 위엄을 느끼는 까닭이리라.

어쨌거나 이철진이 가볍게 고개를 끄덕여 보이는데도 중산이 곧바로 입을 떼지는 못하고 잠시간 주춤거리고 있을 때다.

"호호호! 같은 식구들끼리 주제넘고 말고 할 일이 뭐가 있겠어요? 하실 말씀이 있으면 편하게 하세요!"

진초희의 밝은 웃음소리와 친근한 투가 중산의 위축을 풀어준다.

"감사합니다, 아가씨."

중산이 우선 인사부터 차리고 나서 다시,

"저기……."

하고 말문을 뗀다.

부적합

"중산 씨 얘기는 잘 들었소. 음, 그런데 일단 내 의견을 먼저 간략히 말하자면……."

그렇게 운을 뗀 이철진이 천천히 진초희와 김강한 쪽을 돌아보고 나서 다시 말을 잇는다.

"그 안의 사정이야 어떻든 이미 경찰에서 수사하고 있는 형사사건이라면 우리 재단 차원에서 관여를 하기는 매우 부적절하다고 하겠고 개입할 명분도 없다는 생각이오."

이철진이 말끝에 가볍게 웃음을 머금는다. 그렇더라도 그의 의사 표시가 사뭇 분명한 것이기에 중산은 자신이 꺼내놓은 말에 대해 감히 어떤 보충 설명을 달아볼 엄두조차 내보지 못하고서 입을 다문 채 고개를 숙인다. 역시나 쓸데없고도 주제넘은 짓을 한 격이 되고 만 것이다.

중산은 방금 어젯밤 공원에서 겪은 일에 대해 얘기를 한번 꺼내본 것이다. 그 고등학생들의 얘기 말이다. 재단에서 시범적으로 수행할 과제를 아직 정하지 못하고 있다니 혹시 이런 경우는 해당이 되지 않을지 아주 조심스러운 바람을 담아서.

그 스스로도 애매한 부분

"그 학생들의 얘기가 사실이라면 피해자 입장에서는 정말 억울하겠네요."

진초희의 그 말이 풀 죽은 기색의 중산을 편드는 느낌이 짙은 데 대해 이철진이 가볍게 고개를 끄덕여 우선 공감을 표하고 나서 담담한 투로 받는다.

"알고 보면 세상에는 억울한 사정이 참 많지요."

그것이 억울한 사정이라고 할지라도 여전히 재단이 관여할 사안은 아니라는 뉘앙스다. 진초희가 고개를 갸웃한다.

"우리 재단이 관여하기는 부적절하고 개입할 명분도 없다고 하셨는데, 저는 생각이 조금 달라요. 넓게 보자면 이런 성격의 일도 우리가 지금 찾고 있는 시범 과제의 범위 내에 있다고 볼 수도 있지 않을까요?"

이철진이 설핏 당황스러운 기색이 되고 만다. 자칫 그와 진초희가 대립각을 세우는 모양새로 가게 될 수도 있겠구나 싶어서이기도 하지만, 정작 그를 더욱 당혹스럽게 하는 건 따로 있다. 진초희의 그 말은 처음에 단순히 중산의 편을 들어주려는 것 같았고, 그래서 다분히 억지스럽다 싶었다. 그런데 이내 그 스스로도 애매한 부분이 생기기 시작한 것이다. 재단이 시범적으로 수행할 과제 선정에 대해서는 이제쯤 제법 분명하고도 단단한 기준이 설정되어 가고 있는 중이라는 생각을 하고 있던 터다. 그런데 지금 진초희의 사뭇 즉흥적이고도 가벼운 이의 제기만으로도 그 '분명하고 단단한 기준'이 어이없으리만큼 쉽게 모호해지고 있는 것이다.

차라리 그다운 '불쑥'과 '강짜'

"처음 시작부터 무슨 일을 얼마나 거창하게 벌이려고? 너무 완벽하려고 이리 재고 저리 재면서 시간만 줄창 까먹고 있는 것보단 주변의 작은 일부터 우선 시작해 보는 것도 크게 나쁘지는 않겠는데, 뭘! 설령 좀 부적절하고 미흡하더라도 일단 한 가지를 해보고 나면 그다음에는 또 좀 더 그럴듯하게 할 수 있을 거고, 그런 식으로 맞춰 나가도 되는 거지, 뭐!"

불쑥 끼어든 것은 김강한이다. 그리고 그것이 자신을 보고 말하는 투이기에 진초희가 엷게 실소하고 만다. 언제는 또 싫다더니, 자기는 빼달라더니 갑자기 불쑥 끼어들어서는 괜한 강짜를 부리는 듯한 모양새라니. 설핏 어이가 없다. 그러나 딱히 당황스럽지는 않다. 차라리 그다운 '불쑥'과 '강짜'라고 할 것이니 말이다.

어쨌든 전원일치

이철진은 잠깐의 애매함과 모호함을 깔끔히 지워낸다.

중산의 주제넘음과 진초희의 즉흥, 김강한의 강짜에 대해서는 여전히 마땅치가 않다. 그러나 그가 생각하는 '마땅한 기준과 명분, 과정' 따위는 가장 중요한 것이 아닐 수 있다. 그 무엇보다 중요한 것은 지금 이 자리에 있는 모두가 흔쾌히 공감할 수 있느냐, 특히나 그를 포함한 세 명의 재단 이사가 여하히 의견의 일치를 이루어내느냐 하는 것일 터다. 더욱이 이것이 재단의 실질적인 첫 행보가 되는 시작점이라면 기꺼이 웃으며 전원일치를 만들어야 할 까닭이 되는 것이리라.

"좋습니다. 두 분 이사님의 의견이 그렇다면 일단 긍정적으로 검토를 해보는 것으로 정하지요. 단, 중산 씨가 얘기한 내용이 실제의 사실과 다를 경우에는 그 즉시 중단하는 걸로 하겠습니다."

이철진이 담담히 정리를 한다.

"좋아요. 저도 동의합니다."

진초희가 즉각 맞장구를 친다. 그럼으로써 비록 김강한이 굳이 장단을 맞춰주지는 않았지만, 어쨌든 그들 세 재단 이사의 전원일치가 만들어진다.

제3장
—
종막(終幕)

그나마 폼이라도 나는 쪽

'한다? 안 한다?'

박두찬은 대한고(大韓高) 2학년 일진 짱이다. 그는 지금 큰 결정 하나를 내려야만 한다. 그것은 3학년 일진 짱으로부터 하달된 지시다. 그러니만큼 만약 거부한다면 그는 낙인이 찍힐 것이고, 아마도 학교를 계속 다닐 수 없게 될 수도 있다.

그가 고민에 빠진 것은 그렇다고 그 지시를 따르기에도 큰 문제가 있기 때문이다. 그것이 바로 조하성을 깨라는 지시이기 때문이다.

사실 조하성을 깨는 일은 그가 진작 했어야 할 일이긴 하다. 1학년인 조하성이 2학년을 깼다. 그것도 그럴 만한 이유도 아닌 걸로 다구리를 놓았다. 있을 수 없는 일이다. 학교에도 나름의 질서가 있다. 선생님과 학생, 그리고 선배와 후배, 그 엄연한 질서가 무너져서는 안 된다고 생각한다. 왜? 더 깊은 생각까지는 그에게 무리이나 어쨌든 그래야만 한다는 생각이다.

그럼에도 그가 여태껏 조하성을 깨지 못하고 있던 것은, 아니, 감히 그럴 생각조차 못 한 것은 조하성의 형에 대한 두려움 때문이다. 조하성의 형이 현직 조폭, 그것도 제법 이름 있는 조직의 간부급이란 소문은 거짓말이 아니다. 그가 믿을 만한 소식통을 통해 직접 확인한 얘기다. 그것 때문이다. 그를 위시한 2학년 일진은 물론 3학년 일진까지도 감히 조하성을 건드리지 못하는 것은.

그런 때문에 조하성은 일진 조직에 들어오지도 않았으면서 1학년에서 별도의 독자적인 패거리를 형성하고 학교 전체를 제멋대로 휘젓고 다니고 있다. 그런데 이제 와서 그보고 조하성을 깨라니? 그 혼자서 독박을 쓰라는 건가?

'깬다! 독박을 쓸 때 쓰더라도!'

박두찬은 결국 하는 쪽을 택한다. 이래도 망하고 저래도 독박이라면 그나마 폼이라도 나는 쪽을 택하기로 한 것이다.

너 오늘 나한테 좀 맞자!

체육관 뒤쪽 공터에 대여섯 명이 모여 담배를 피우고 있다. 박두찬은 바지 주머니에 두 손을 찔러 넣고 느긋한 팔자걸음으로 그들을 향해 간다. 이내 그를 알아보았는지 그들 중에서 작은 당황이 느껴진다. 피우고 있던 담배를 얼른 끄는 놈, 끄지는 않고 등 뒤로 감추는 놈, 잠깐 멈칫거렸지만 그대로 들고서 애써 버티는 놈.

그러나 개중에 한 놈은 그를 알아보고도 전혀 아랑곳없이 담배 한 모금을 깊게 빨고서 보란 듯이 길게 연기를 내뿜는다. 바로 조하성이다.

"어이, 조하성이!"

박두찬이 목소리를 깐다. 조하성이 피식 웃고는 시큰둥하니 받는다.

"왜? 뭔데? 남의 이름은 왜 함부로 불러? 아무나 부르라고 있는 이름 아냐!"

"건방진 새끼! 너 오늘 나한테 좀 맞자!"

박두찬의 그 말에는 조하성이 잠깐 의아해하더니 이내 침을 탁 뱉으며 곧장 기세를 세운다.

"씨발! 뭐래는 거야? 야! 너 뭘 잘못 처먹었냐?"

박두찬이 차갑게 웃고는 조하성 곁의 패거리를 향해 인상을 그린다.

"나 2학년 박두찬이다! 조하성이만 빼고 다른 새끼들은 뒤로 찌그러져라!"

조하성의 패거리가 크게 당황해하며 조하성과 박두찬의 눈치를 동시에 보면서 쭈뼛거린다.

"이 새끼들이 지금 나한테 개기겠다는 거냐? 찌그러지라고, 개새끼들아! 확 죽여 버릴라!"

박두찬이 날카롭게 뱉으며 성큼 다가서는 서슬에는 패거리가 감히 버팅기지 못하고 주춤거리며 뒤로 물러서고 만다.

선배

박두찬과 조하성이 마주하며 버티고 선다. 바로 코앞에서 보는 박두찬의 덩치는 한층 크고 다부지다. 고등학교 남자애들에게 한 학년 차이는 무시할 수 없는 데다 박두찬의 경우는 어릴 때부터 각종 운동으로 단련된 몸이다. 더욱이 초등학교 때부터 줄곧 짱 자리를 지키면서 이런저런 싸움을 통해 다져진 기세는 언제 한번 누구와 제대로 맞짱을 떠본 적도 없이 그저 자신의 배경을 믿고 거들먹거리기만 해본 조하성이 일대일로 감당할 만한 것이 결코 아니다. 조하성이 대번에 기가 확 죽고 만다. 그러나 또한 언제 한번 누구에게 숙여본 적 없는 조하성이니 일부러 허세라도 부려낸다.

"씨발! 지금 뭐 하자는 건데?"

그러나 적어도 학교 내에서라면 지금까지 그 어떤 경우에도 다 통해온 조하성의 허세가 이번만큼은 예외다.

짝!

된소리와 함께 조하성의 고개가 팩 돌아간다. 조하성이 휘청하고는 그대로 멍한 패닉상태가 되고 만다. 뺨을 맞은 물리적 충격도 상당하지만, 그보다는 심정적 충격이 더 크다. 부모에게도 맞아보지 않았으니 난생처음 맞아보는 뺨이다.

"야, 이 같잖은 새끼야! 내가 니 친구로 보이냐? 함부로 입을 놀려도 되는 걸로 보이냐고, 개새끼야! 다시 한번 말해줘? 나 2학년 박두찬이다, 개새끼야!"

박두찬이 차갑게 뱉는데, 그제야 겨우 말문이 트인 조하성이 더듬거린다.

"너… 너… 지금… 날……?"

그런 중에 박두찬의 주먹이 다시 조하성의 가슴팍을 지른다.

픽!

"어억!"

조하성이 어눌한 비명을 토하며 두어 걸음을 밀려나서는 땅바닥에 엉덩방아를 찧고 만다. 그런 그를 내려다보며 박두찬이 다시 차갑게 뱉는다.

"새끼가 사람 말을 못 알아들어? 나, 니 선배라고, 이 시건방진 새끼야! 니 형이 조폭이라고 아주 눈에 뵈는 게 없냐? 그러나 니가 조폭은 아니잖아? 넌 그냥 1학년이야! 1학년이면 1학년답게 굴라고! 어디서 선배한데 함부로 개기냐고? 어디 선배를 패서 병원에 입원을 시키냐고, 개새끼야?"

조하성이 바닥에 퍼져 앉은 채로 아무 말도 하지 못하는데, 아예 질리고 만 얼굴이다.

"퉤!"

바닥에다 침을 뱉고 나서 박두찬이 다시 잇는다.

"오늘은 이 정도로만 해둔다! 그렇지만 앞으로 내가 너 계속 지켜볼 거다! 그리고 또다시 건방지게 굴면 그때는 아주 뼈를 발라 버린다! 알았냐?"

그리고 박두찬이 간단히 몸을 돌리는데, 주변에 어느 틈엔지 삼사십 명쯤의 구경꾼이 모여 있다. 개중에는 1학년도 있고 2학년도, 3학년도 있다. 그들 구경꾼들이 양옆으로 비켜서며 터주는 길을 박두찬이 팔자걸음으로 성큼성큼 지나가는데, 그 모습이 마치 개선장군이나 영웅이라도 된 듯 당당해 보인다.

박두찬의 뒤를 따라 구경꾼들마저 썰물 빠지듯이 사라지고 나서야 쭈뼛거리며 다가와 그를 부축해 일으키려 하는 패거리에 대해 조하성이,

"놔! 이 빙신 새끼들아!"

거칠게 뿌리치고는 다시 이를 갈며 나직이 씹어뱉는다.

"박두찬이 저 개새끼! 죽여 버린다!"

가장 막강한 후원자

며칠 새 학교 내에서 그를 대하는 분위기가 사뭇 달라졌다는 걸 조하성은 피부로 느낀다. 전에는 감히 그와 눈도 제대로 마주치지 못하던 찌질이들마저도 그를 별로 겁내지도 않고 힐끔거린다. 그리고 등 뒤에서 수군거린다. 모든 게 박두찬이 때문이다. 놈에게 공개적으로 깨진 이후부터다. 이건 잘못되었다. 이럴 수는 없는 일이다. 학교는, 적어도 학교 안에서만큼은 그의 세상이어야 한다. 지금까지 그래 온 것처럼.

그러나 그는 그 잘못된 것을 바로잡기 위해 학교나 부모에게 알리지는 않았다. 자존심 때문인 것도 있지만, 그게 다는 아니다. 알려봤자 기껏 학폭위가 열릴 뿐이란 걸 아는 까닭이다. 그도 이미 경험을 해봤거니와 학폭위에서 내릴 수 있는 최고의 징계라야 기껏 퇴학이다. 그 정도로는 결코 충분치 않다. 뿐더러 그건 박두찬을 오히려 영웅으로 만들어주는 꼴이고, 그런 한에는 학교를 다시 그의 세상으로 되돌릴 수 없다.

한번 흐트러진 이상 다시 바로잡는 것만으로는 부족하다. 아예 확실하게 못을 박아야 한다. 그가 누구인지, 왜 감히 건드릴 수 없는 존재인지를 철저하게 각인시켜 놓아야 한다. 누구도 감히 다시는 그에게 기어오를 생각조차 하지 못하도록.

그에겐 그것을 가능하게 해줄 가장 막강한 후원자가 있다.

바로 그의 형 조하진이다.

늦둥이의 특권이랄까?

조하진은 짜증이 치민다.

동생이라고 하나 있는 게 하는 짓마다 도무지 마음에 차질 않는다. 공부를 잘하던지, 아님 남다른 특기가 있던지, 하다 못해 주먹이라도 세던지 해야 하는데 이건 뭐 하나도 잘하는 게 없다. 그런 모자란 녀석이 기껏 하는 짓이라곤 나이가 열 한 살이나 많은 형인 그를 팔고 다니며 학교에서 왕 노릇이나 한다. 하긴 그런 것도 재주라면 재주일까? 어쨌든 그것까지는 괜찮다. 그의 이름이 팔린다는 걸 알고는 있으나, 그래도 그 가 직접 나서야 하는 경우는 없었으니까. 아직까지는.

그런데 녀석이 기어코 일을 만들고 있다. 그를 끌어들이려 하고 있는 것이다. 기껏 고삐리들의 일에 말이다. 쪽팔리는 일 이다. 그러나 이유 여하를 막론하고 녀석이 막무가내로 떼를 쓰고 매달리는데도 모른 체 버틸 수 있는 사람은 적어도 그의 집안에서는 없다. 늦둥이의 특권이랄까?

경고

"뭐? 못 하겠다고 한다고?"

조하진의 인상이 와락 일그러지고 만다. 동생 조하성을 건드렸다는 대한고 2학년 짱 박두찬이란 놈에 대해서 체면 때문에라도 그가 직접 나설 수는 없는 노릇이라 심복에게 일을 맡긴 터다. 즉 두세 단계쯤을 거쳐서 대한고 일진 쪽으로 선을 대고 3학년 일진들로 하여금 예의 그 박두찬이를 적당히 응징하도록 말이다. 그런데 거부를 한단다. 감히 고삐리들이 말이다. 더하여 만약 박두찬이가 조하성이를 깨지 않았다면 3학년인 자신들이 직접 나섰을 거라고 했단다.

'이것들이 진짜 돌았나?'

조하진이 분노를 참기 어렵다. 이렇게 되면 동생만의 일이 아니게 되는 것이다. 성질 같아서는 당장 학교로 쳐들어가 겁대가리를 상실한 고삐리 놈들을 박살을 내버리고 싶다. 그러나 역시 그의 위치에서 그런 유치찬란한 짓거리를 할 수는 없는 노릇이다.

"태일아, 네가 직접 한번 가봐라."

조하진이 부하 서태일에게 지시한다.

"학교로 말입니까?"

"응. 무리하게 하지는 말고 애들 한 열 명쯤 데리고 가서 겁 좀 주면서 경고나 해주고 와."

"알겠습니다, 형님! 그런데 그 박두찬이란 놈은 어떻게… 간 김에 따로 손을 좀 봐줄까요?"

서태일의 그 말에는 조하진이 애써 추스르고 있던 짜증을 버럭 뱉고 만다.

"야, 넌 그냥 내가 하라는 대로만 해! 뭔 말인지 알아들어? 안 그래도 쪽팔려서 얼굴을 못 들 판인데, 왜 너까지 함부로 나대려 하냐고?"

"죄송합니다, 형님!"

"그러니까… 놈들에게 확실하게 경고만 해주라고. 만약 다시 한번 턱없는 짓거리를 하면 확 그냥 전부 묻어버리겠다고 해. 그리고 박두찬이는 놈들 자체적으로 정리하라고 하고."

"예, 그렇게 하겠습니다, 형님!"

조폭

대한고의 점심시간이다.

편을 갈라 축구를 하는 학생들로 운동장이 활기차다. 그런데 갑자기 험악한 인상의 덩치 십여 명이 운동장으로 들어온다. 그러더니 제멋대로 공을 세우고는 자신들과 시합을 하자고 한다. 학생들이 거부하고 개중의 일부는 항의를 해보지만 덩치들은 아랑곳없이 편 구분을 하겠다며 상의를 훌러덩 벗어젖힌다. 그러자 온몸에 가득히 울긋불긋 화려한 문신이 드러난다. 학생들이 화들짝 놀라 멀찌감치 도망치고, 덩치들이 운동장을 독차지한다.

학교 내에 빠르게 말이 퍼져 나간다. 운동장에 조폭들이

와 있는데, 바로 조하성의 형이 보낸 자들이라는 것이다. 며칠 전 2학년 짱 박두찬이 조하성을 팬 사건에 대해 조하성의 형이 부하들을 보내 박두찬과 또 그 일에 대해 방관한 3학년 일진까지 손을 보려 한다는 얘기다. 더불어 누구라도 괜히 경찰에 신고를 한다고 나대다간 나중에 그게 누구인지 반드시 밝혀내 보복을 당할 테니 구구로 구경이나 하고 있으라는 경고까지 나돈다.

건물 각 층의 복도 창문마다에 학생들이 빽빽이 달라붙어 운동장을 내다보고 있다. 그런 중에 조하성과 그 패거리가 운동장 동쪽의 스탠드 한구석에 모여 있다. 사뭇 의기양양해하는 기색에서 그들은 마치 자신들이 전교생들의 주목을 받고 있는 것으로 여기는 듯이도 보인다. 그리고 그런 데서 그들은 조폭들이 이때쯤에 학교에 오리라는 것에 대해서도 미리 알고 있던 듯하다.

졸업생

대한고 교장실에서는 간단한 다과회가 열리고 있다. 대한고 출신의 선배 졸업생이 자수성가하여 사업에서 작은 성공을 거두었다며 학교에 성의껏 기부금을 내겠다고 했고, 그 전달식이 열리고 있는 중이다. 그런데 한창 덕담이 오가는 중에 운동장에서 벌어지고 있는 사달이 전해진다. 조폭들이 난입하여 운동장을 점거하고 있다는 말에 교장이 대번에 질린 얼굴이 되며 당장 경찰에 신고부터 하라고 교감에게 소리친다. 그때다.

"교장 선생님, 잠깐 진정을 좀 하시죠!"

교장을 진정시키고 나선 것은 바로 그 사업가 졸업생이다. 40대 중후반으로 보이는 그는 사뭇 여유롭기까지 한 투로 말을 잇는다.

"제가 사업을 하다 보니 조폭에 대해서도 조금 겪어본 바가 있는데, 그런 부류를 무턱대고 경찰에 신고했다가 나중에 동티가 나는 경우를 여러 번 봤습니다. 예컨대 경찰에 잡혀가 봤자 기껏 벌금이나 몇 푼 물고 나오는데, 그 뒤부터 문제가 됩니다. 신고한 것에 대해서 아주 집요하게 보복 행위를 하거든요. 이를테면 학교 주변에 수시로 나타나 학생들과 나아가 선생님들에게도 직간접적으로 위협을 가하는 식이죠. 또 그런게 아니더라도 괜히 섣부르게 경찰을 불렀다가 언론에 노출되기라도 하면 학교 이미지에 상당히 나쁜 영향을 미치게 되는 상황도 고려해 봐야 하지 않겠습니까?"

"아, 그렇지만 지금 조폭들이 운동장에서 난동을 부리고 있다는데, 그걸 그대로 두고만 볼 수도 없는 노릇 아니겠습니까?"

"저한테 한번 맡겨봐 주시죠."

"예? 말씀은 고맙지만 어떻게 하시려고……?"

"하하하! 맡겨주시면 제가 한번 해결해 보겠습니다! 물론 뒤탈 같은 건 조금도 남지 않게 깔끔하게 말입니다!"

교장이 반신반의하면서도 사업가 졸업생이 워낙에 자신만만해하는지라 일단은 맡겨보기로 한다. 내심 짐작하기로는 '역시 사업가답게 돈으로 해결하려는가 보다' 싶기도 하다. 하긴 그럴 법도 하다. 조폭들이 원래가 돈에 죽고 돈에 사는 부류라지 않던가? 사업가 졸업생이 함께 온 두 명의 수행원에게 눈짓하자 두 사람이 잰걸음으로 교장실을 벗어난다. 그 둘은 바로 쌍피와 중산이다.

활극

운동장에서 한판의 활극이 벌어지고 있다. 10 대 2의 싸움이다. 10은 운동장에 난입한 조폭들이고, 2는 중산과 쌍피다. 사실은 십 대 일이나 마찬가지다. 쌍피 혼자서 조폭들을 상대하고 중산은 뒷짐을 지고서 구경이나 하고 있는 모양새니 말이다.

"와아!"

함성 소리가 요란하다. 학교 건물 각 층의 복도 창문마다에 빽빽이 매달린, 그리고 어느 틈에 운동장의 스탠드까지 나와서 구경하고 있는 학생들이 질러대는 함성이다. 그 함성이 열광하고 있는 대상은 당연히 쌍피다. 혼자서 조폭 열 명을 말

그대로 가지고 놀 듯이 여유롭게 상대하는 그 영화 같은 광경
에 조폭들이 하나둘 차례로 나가떨어질 때마다 학생들이 질
러대는 고함 소리에 학교가 떠나갈 듯하다.

"와아! 아아!"

공개 사죄

운동장 앞쪽의 조회대에 갑작스럽게 음향 설비가 설치된다.
그리고 열 명의 조폭이 줄줄이 단상 위로 오르더니 마이크 앞
으로 선다.

"저희는 사회를 좀먹는 인간쓰레기 조폭입니다!"

조폭들이 합창하는 소리가 스피커를 통해 학교 전체로 쟁
쟁하게 울려 퍼진다.

"우우!"

학생들이 야유로 화답한다.

"인간쓰레기 주제에 감히 신성한 학교에 난입하여 소란을
일으킨 점, 정말 죽을죄를 지었습니다! 용서해 주십시오! 다시
는 이런 잘못을 저지르지 않겠습니다! 대한고 근처에는 감히
얼씬도 하지 않겠습니다! 부디 용서해 주십시오!"

조폭들의 공개 사죄에 학생들의 야유가 다시 열광적인 환
호로 바뀐다.

"와아! 아아!"

종막(終幕)

조하성과 그의 패거리 다섯은 슬금슬금 운동장을 벗어나 학교 건물로 들어선다. 그리고 그들이 발자국 소리조차 죽여 가며 조용히 2층으로 통하는 계단을 올라가는데, 마침 위쪽에서 누군가 내려오는 중이다.

그런데 조하성 등이 조심하는 중에도 계단의 폭을 거의 다 차지하다시피 하고 있으니 위쪽의 상대가 한쪽 옆으로 피해 주어야만 할 터이다. 지금까지 늘 그렇게 해왔다. 그런데 지금 위쪽의 상대는 웬일인지 오히려 계단의 한가운데를 고수하며 버티고 선다. 너희들이 길을 비키라고 시위하는 듯이.

사뭇 낯설고 이질적이기까지 한 상황에 조하성이 와락 인상을 그리면서 상대를 확인하는데, 윤두명이다. 1학년 짱이다. 물론 지금까지는 한 번도 신경을 써본 적 없는 녀석이다.

"뭘 꼬나봐, 새꺄?"

윤두명이 툭 내뱉은 그 말이 조하성에게는 낯설고 이질적이다. 그가 일시 멍한 상태로 되고 마는데, 윤두명이 피식 실소하며 말을 잇는다.

"어이, 조하성 새꺄! 이제부턴 어디 가서 니네 형이 조폭이라는 둥의 구라는 풀지 마라! 무슨 조폭이 그러냐? 오늘 아주 쪽이란 쪽은 다 팔리는 걸 보고 있자니 내가 다 쪽팔리더라,

새꺄!"

노골적인 무시와 비웃음이다. 그러나 조하성은 아무 대응
도 하지 못하고 입술만 터져라 깨물고 있다. 윤두명이 성큼 계
단을 내려서면서 어깨로 조하성의 패거리들을 툭툭 밀며 매섭
게 노려본다.

"잘 들어, 새끼들아! 앞으로 내 앞에서 어깨에 힘주고 다니
다간 확 죽여 버린다? 알겠냐, 빙신들아?"

패거리 또한 누구도 찍소리도 못 하고 얼어 있다. 그런 그들
의 사이로 윤두명이 건들거리며 지나간다.

그것으로 그들의 시대는 막을 내렸다. 학교라는 작은 사회
안에서 잠시나마 그들이 왕으로 군림하던 한 시대의 종막(終
幕)이다.

제4장

핫라인

바(Bar)

김강한은 플라밍고에 있다. 플라밍고는 바(bar) 이름이다.

그러나 그도 처음 와보는 곳이다. 그리고 혼자다. 사실은 쌍피와 중산이 따라붙으려는 걸 굳이 마다했다. 남자는 가끔 혼자 마시고 싶을 때가 있는 법이라고. 따돌리려고 한 말이지만, 생각해 보니 영 어색한 소리이긴 하다.

7층에 위치한 바의 분위기는 제법 괜찮다. 조명 탓인가? 역시 술집 조명은 붉은빛이 어울리는 것 같다. 은은하기도 하고, 야릇하기도 하고, 술기운에 붉어지는 얼굴빛 같기도 하고.

아무튼 은은하고 야릇하고 은밀하기까지 한 실내 분위기에
다 창가 쪽 자리라 통유리 밖으로 보이는 시내 야경도 꽤 봐
줄 만하다. 특별나게 멋들어진 야경은 아니지만, 탁 트인 창
너머로 보이는 불빛이 내부의 붉은 분위기에 어울려 화사함을
주고 있다.

얼마든지 콜

"혼자신가요?"

삼십 대 초반쯤으로 보이는 웨이터가 묻는다. 그런데 일행
이 더 올 거냐고 묻지 않고 대뜸 혼자냐고 묻는 데서 김강한
은 괜히 켕기는 느낌이 된다. 혹시 자신의 모습 어디에 찌든
분위기 같은 게 배어 있는 건 아닌가 하고. 뭔지 모르게 궁상
맞고, 구차스럽고, 뭐 그런 별로 유쾌하지 않은 '혼자'의 분위
기 같은 것 말이다.

그가 굳이 대답을 하지 않는데도 웨이터는 자신의 판단에
확신을 한 듯이 곧장 주문하기를 권한다. 메뉴판을 보니 술인
줄은 알겠는데, 죄다 처음 보는 이름이 제법 길게 열거되어 있
다. 그렇다고 메뉴판 제일 뒤쪽 끝에야 겨우 자리를 차지하고
있는 맥주를 시키긴 싫다. 정말로 궁상맞고 구차스러운 것 같
아서.

"뭐 적당한 걸로 한 병 합시다!"

그가 메뉴판의 앞쪽 어림을 대충 가리키며 덤덤하니 말한다. 뭔지 모르게 거창하게 보이는 술 이름들이 나열된 부분이다. 양주에 대해서는 아는 게 별로 없다고 굳이 솔직하기는 싫으니 그냥 대충 알아서 한 병 달라는 거다. 웨이터가 엷게 웃는 표정이더니 자못 정중한 투로 묻는다.

"제가 하나 권해 드려도 되겠습니까?"

웃음기와 그 정중한 투가 곱게 보이지는 않는다. 마치 좀 비싼 것으로 권해도 감당이 되겠느냐는 뜻으로 들린다. 자격지심인지는 모르겠지만. 그러나 물론이다. 얼마든지 콜이다.

'내가 누군지 아느냐? 1조가 넘는 자산을 보유한 재단의 이사 직함을 달고 있는 사람이다. 내가!'

괜한 혼자 생각만의 으스댐 끝에 김강한이 또 괜히 우습다. 이철진과 진초희에게는 내내 시큰둥한 체 튕겨대는 시늉이다가 기껏 술 한 병 시키려고 재단 이사 직함을 들먹이다니. 비록 가벼운 생각의 유희에 불과하다고 해도 참으로 궁색하기 짝이 없다.

"그럼 이걸로 가져오겠습니다!"

웨이터가 메뉴판의 한 곳을 짚어 보이는 것을 그가 짐짓 시선도 주지 않는 체를 하며 가볍게 고개를 끄덕인다.

"안주는 어떻게 할까요?"

웨이터가 다시 묻는다.

"뭐, 적당히……."

"예, 알겠습니다!"

웨이터가 얼굴의 미소를 지우지 않은 채 돌아가고 나서야 김강한은 슬쩍 메뉴판을 확인한다. 그러고는,

"이런 씨……!"

욕이 튀어나오려고 하는 걸 겨우 되삼킨다. 가격 때문이다. 실내 포장마차 같은 데서 소주를 마신다 치면 한 백 병쯤 마셔도 될 금액이다.

아무리 '1조가 넘는 자산을 보유한 재단의 이사'라도 기껏 술 한 병 마시는 값으로 치르기에는 너무 비싸지 않은가 말이다.

마음에 들지 않는 것

김강한이 언더로 양주 한 잔을 시원하게 넘긴다.

목구멍을 타고 넘어갈 때 화끈하게 독한 느낌도 마음에 들고 과일 안주의 깔끔함도 마음에 든다. 무지 비싼 거라고 생각해서 그런지도 모르겠지만 어쨌든 소주와는 확실히 다른 맛이 있다.

마음에 들지 않는 것도 있다. 이 독한 양주로도 웬만큼 마셔서는 취하지 않을 것이라는 사실.

그 '화끈하게 독한 느낌'을 다만 자극으로만 인식할 것이기 때문이다. 금강부동공 말이다.

기껏 한 모금에 벌써 내단이 살짝 반응을 시작하는 느낌이
온다.

'제길! 오늘 제대로 한번 내단이나 단련해 봐? 비싸게?'

마담

"잠깐 앉아도 될까요?"

김강한에게 말을 거는 사람은 농익은 미모에 늘씬한 자태
의 여인이다.

남자 혼자서 술 마시는 입장에서야 좋을 대로 하시라고 할
밖에.

"여기 마담이신가요?"

그의 물음에 여인은 설핏 불유쾌하다는 반응인 듯 보이더
니 이내 고개를 끄덕인다.

"예, 그렇기도 하죠."

수긍이긴 한데 말의 뉘앙스는 좀 묘하다. 마담이기도 하고
아니기도 하다는 의미인가? 그가 내심 실소를 짓는데, 마담이
술병을 가리킨다.

"이 술, 제가 좋아하는 술이거든요."

이건 또 뭔 소린가 싶은데, 그녀가 화사한 미소를 지으며
말을 이어낸다.

"저희 가게에 지금 딱 두 병밖에 안 남았는데, 평소 찾는 분

이 거의 없어서 술 생각이 날 때마다 제가 한 잔씩 마시면 되겠다고 생각하고 있었죠. 그런데 누가 이 술을 주문하셨다고 해서 어떤 분인지 궁금해지더라고요? 호호호!"

마담의 웃음소리가 사뭇 고혹적이다. 물론 곧이곧대로 믿어지지는 않는다.

그냥 상술이지 싶다. 아마도 제법 매상을 올려줬으니 손님 관리 차원에서 잠깐 자리를 함께해 준다는 정도? 그런데 오늘 그가 올려주고 있는 매상이 제법 되기는 하는 모양이다. '잠깐 앉아도 될까요?' 하던 마담이 자꾸 화제를 이어가는 걸 보면.

"그런데 술이 좀 세신가 봐요? 이 술, 상당히 도수가 있는 편인데, 잠깐 만에 반병이나 넘게 비우신 걸 보면."

'술이 세다? 마시는 김에 한 병 더 마시라는 건가?'

그런 생각에다 기왕 오늘 제대로 내단이나 단련해 볼 생각까지 한 터라 그가 짐짓 호기를 부린다.

"마담이 좋아하는 술이라니 한 병 더 시킬까요? 어차피 두 병밖에 없다니, 오늘 아예 다 해치워 버리는 걸로 하죠!"

마담이 반색한다.

"어머! 말씀도 참 재미있게 하시네요? 화끈하기도 하시고!"

눈웃음이 번지는 마담의 얼굴이 발그레하게 물들어간다. 조명 탓인지.

의리

'의리?'

김강한은 문득 그런 생각을 떠올려 본다. 실없다 싶으면서도 의문이 이어 든다.

'누구에 대한? 진초희?'

그녀에 대해 의리를 지켜야 한다? 혹은 그녀에 대해 지킬 의리가 있다? 그런 생각은 아직 한 번도 해보지 않았다. 설핏 반대의 의문도 든다.

'그녀는 나에 대해 의리를 지킬까? 혹은 나에 대해 지킬 의리가 있을까?'

그런데 그럴 것 같다. 그녀는 그에 대해 의리를 지킬 것 같다. 그리고 무엇이라고 당장에 구체화하기는 쉽지 않지만, 그녀라면 분명 그에 대해 지킬 의리를 가지고 있을 것 같다. 그렇다면 그도 상응하는 의리를 지켜야 되는 것 아닌가?

'어쨌든 난 아직 아무 짓도 안 했다.'

그렇게 그는 스스로를 정당화해 본다. 그는 다만 적당한 거리를 유지하면서 술맛과 분위기를 즐기고 있을 뿐이다. 그리고 만약의 경우에 그녀 진초희가 따지고 들 경우에라도 그에게는 명분이 있다. 그가 의리에 어긋나는 짓을 하지는 않았다는 사실을 뒷받침해 줄 분명한 명분.

홍미남

그녀는 처음에 그저 의례적이었을 뿐이다. 마담으로서, 그리고 바의 주인으로서. 일정액 이상의 매상을 올려주는 손님의 테이블에 잠깐 앉아서 친밀감을 쌓음으로써 단골로 확보하려는, 어디까지나 영업적인 차원이었다.

그런데 그녀는 차츰 이 사내에 대해 묘한 관심이 생기고 있다. 처음에는 별 특징적일 것도 없이 그저 평범하기만 한, 그것도 자신보다 서너 살쯤이나 어려 보이는 사내였을 뿐이다. 그런데 기껏 몇 마디의 말을 주고받는 사이에 사내는 묘하게도 흥미로움과 매력을 풍기고 있다. 가게에 손님으로 온 사내에게 단번에 매력을 느낀다는 건 사내에 관한 한 프로라고 자부하는 그녀이기에 스스로도 납득하기가 어렵다.

'그래, 벌써부터 매력은 아니고 아직은 그냥 흥미 정도지. 어쨌든 흥미남이긴 해.'

흥미남.

사내에게 별칭까지 하나 붙이고 나자 괜스레 겸연쩍다. 그러나 어쨌든 느낌은 좋다. 잠시 더 시간을 할애해도 좋을 만큼. 그리하여 그녀는 평소 같으면 하지 않았을 말까지도 한다. 그녀가 이 바의 마담이면서 실소유주이기도 하다고. 시내 중심지에 이 정도 규모의 가게를 운영하고 있으니 나름 재력가라고, 돈이 궁해서 이런 장사를 하는 건 아니라고. 사내가 그런 걸 알아주기를 바라서였을까? 그녀 스스로도 다시금 당혹스럽다.

망라

천락비결은 갈수록 방대해지고 있다. 미처 알지 못한 내용과 이해가 자꾸만 머릿속에서 새끼를 친다. 어쩌면 그 노골적인 성애 묘사의 그림들 안에 어떤 이미지 같은 형태의 내용이 첩첩이 숨어 있다가 아무 때나 아무 이유도 없이 불쑥불쑥 껍질을 깨고 실체를 드러내는 것 같기도 하다.

처음에는 소위 말하는 방중비결인 줄로만 알았다. 상당히 고전적인. 그러나 속속 드러나는 내용들은 놀라울 정도로 광범위하다. 그것의 진위 여부, 혹은 가치의 여부를 막론하고 말이다. 뭐랄까? 남녀 간의 관계를 그야말로 망라하고 있는 하나의 광범위한 연구서라고 할까?

새로이 드러나고 있는 내용에서는 남녀의 미묘한 심리에 대해 다루는 부분도 하나의 주류를 이루고 있다. 그리고 거기에서 다시 가지를 치고 나간 갈래 중에서는 일종의 최면요법과 유사한 수법이 다루어지기도 한다. 이를테면 이성(異性)의 환심을 사는 수법 같은 것이다.

처음 보는 이성에게 환심을 산다? 그렇다고 말을 아주 매끄럽게 잘한다던지, 혹은 자신의 어떤 매력을 부각시켜 돋보이게 한다든지 하는 따위의 것은 아니다. 아무것도 하지 않고 그냥 눈빛만 잠시 교환한다. 그런데도 상대의 이성이 지극한 관심과 호의를 보이게 된다는 식이다.

적의(敵意)

김강한은 불편한 시선들을 느낀다. 통로 건너편 테이블에 앉은 네 사내의 노골적이다시피 그를 노려보는 시선이다.

이십 대 중후반의 체격 좋은 그 사내들은 방금 전에 들어왔는데, 앉을 자리를 잡기도 전에 김강한과 마담이 앉은 테이블 쪽을 보고는 곧바로 뭔가가 못마땅하다는 모습이 되는 것 같았다. 그러더니 김강한과 마주 보는 건너편의 테이블에 자리하고는 줄곧 적대감을 표시하고 있는 것이다. 그런데 김강한으로서는 처음 보는 얼굴들이니 짐작해 보건대 마담과 무슨 관련이 있는 모양새다.

김강한이 사내들의 시선은 모른 체하고 술잔만 비워내는데, 그때마다 마담이 바지런하게 잔을 채워주고 또 자신의 잔도 조금씩 홀짝거린다. 그런 마담의 얼굴은 어느새 화사하도록 붉어져 있다.

한편, 마담은 등을 지고 있는 사내들의 적의(敵意)를 아직까지는 눈치채지 못하고 있는 것으로 보인다.

화살

이윽고 건너편 테이블의 그 네 명 중에서 갈색 점퍼를 걸친 사내가 김강한의 테이블을 향해 다가온다.

"형수님, 공사가 아주 다~망하신가 봅니다?"

마담에게 건네는 사내의 말은 농담조라기보다는 비아냥거리는 것이라 마담이 가볍게 인상을 찡그리며 흘깃 돌아본다. 그러나 놀라는 얼굴은 아니라는 데서 그녀가 아는 사람인 것 같은데, 역시 반가운 손님은 아닌 것이리라.

"농담이 지나치네요! 내가 왜 그쪽 형수예요?"

마담의 말에 날이 선다.

"농담 아닌데? 흐흐흐! 우리야 뭐, 우리 형님이 점찍었으면 무조건 형수지요!"

갈색 점퍼 사내가 능글거리고는 힐끗 김강한에게 시선을 주며 들으라는 듯이 덧붙인다.

"그런데 지난번에는 형수라고 해도 그냥 웃고 넘어가더니 오늘은 또 갑자기 안면을 확 바꾸는 건 뭡니까? 오호, 그리고 보니 뭔가 좀 수상한 낌새가 느껴지는데? 혹시… 앞에 앉은 양반하고 썸이라도 타고 있는 거 아닌지 몰라? 그럼 이거 곤란한데? 우리 형님이 아시게 되면… 흐흐흐!"

그 순간이다. 마담이 들고 있던 술잔의 술을 갈색 점퍼 사내에게 확 끼얹으며 날카롭게 소리를 지른다.

"야, 나이도 한참 어린놈이 어디서 되지도 않은 말을 함부로 지껄이니? 말이면 다 말인 줄 아니? 나가! 너희들 같은 손님은 받지 않으니까 당장 내 가게에서 나가!"

매섭고 앙칼지다. 지금까지의 화사하고 나긋나긋하며 고혹적이던 모습과는 확연히 다른 면모다. 진상 손님을 대하는 당찬 여사장다운 모습이랄까? 술 세례를 굳이 피하지 않아서 얼굴과 점퍼의 앞섶을 고스란히 적신 사내의 기세가 당장에 거칠어진다.

"이런 씨벌! 형수 대접 좀 해주니까 눈까리에 뵈는 게 없나?"

그러나 마담은 조금도 지지 않고 대차게 받아친다.

"그래, 나 지금 눈에 뵈는 게 없다! 어쩔래, 이 싹수 노란 양아치 새끼야?"

"에이, 씨발! 진짜 확 뒤집어 버린다?"

갈색 점퍼 사내가 주먹을 치켜든다. 그러나 정말로 마담을 어떻게 하지는 못하겠는지 그 험악한 기세의 화살을 결국은 김강한에게로 돌린다.

"야, 너 이리 와봐라!"

대단한 실력자라는 생각은 별로 들지 않는

김강한이 짐짓 얼떨떨하다는 기색을 보이자 마담이 재빨리 그의 앞을 막아선다. 그런 그녀에게서는 몸으로라도 그를 보호하려는 진정이 보이는 것도 같다. 그러나 갈색 점퍼 사내가 우악스러운 손짓으로 간단히 마담을 한옆으로 밀쳐내고는 곧장 김강한에게로 쇄도한다.

"억!"

하지만 짧은 비명과 함께 배를 움켜쥐고 그 자리에 고꾸라진 것은 갈색 점퍼 사내다. 김강한이 앉은 채로 가볍게 내지른 발끝이 놈의 명치에 꽂힌 때문이다. 그것이 십팔수 중의 한 수였음은 물론이다.

건너편 테이블에서 느긋하게 상황이 돌아가는 걸 지켜보고 있던 한 패거리의 사내 셋이 당장에 벌떡 일어나며 이쪽으로 달려온다. 그러나 급할 것 없다는 듯이 천천히 자리에서 일어서는 김강한의 몸놀림은 사뭇 느긋하다.

날아오는 주먹을 슬쩍 잡아채 당겨서는 옆구리에 생긴 빈틈에다 팔꿈치를 쿡 찍어주고, 멱살을 잡아오는 놈의 품 안으로 안기듯이 밀착해 들며 손끝으로 목젖 어림을 폭 가볍게 찌르고, 그사이 등 뒤에서 몸통을 휘감아오는 놈에 대해서는 뒤통수로 콧잔등을 오지게 박아준다.

김강한의 십팔수는 이제 무슨 무술 동작 같지도 않다. 그냥 자연스럽다. 굳이 의도하지 않은 몸동작임에도 우연히 결과가 그렇게 되는 것만 같다. 그리하여 순식간에 건장한 사내들, 그것도 사뭇 불량스러운 기질의 셋을 손쉽게 제압하였건만, 그가 무슨 대단한 실력자라는 생각은 별로 들지 않는다.

오히려 '무슨 대단한 실력자라는 생각은 별로 들지 않는' 그에게 그처럼 간단히 제압당한 사내들이야말로 별 볼 일 없는, 혹은 허우대만 멀쩡하지 속 빈 강정처럼 실속은 없이 부실하기 짝이 없는 자들쯤으로 비친다.

뭘 모르는 건지, 아니면 능청맞은 건지

사내들이 낭패하여 꽁무니를 빼는 걸 보면서도 마담은 오히려 마음이 다급하다. 사내들이 허우대만 멀쩡한 부실한 자들이 아니라 조폭이라는 것을, 그것도 이쪽 인근 지역에서는 이름깨나 날리는 조직의 조직원이라는 것을 알고 있기 때문이다.

"빨리 가세요! 저 사람들, 이 부근 지역을 장악하고 있는 조폭이에요! 패거리들이 곧 몰려올 텐데, 여기 있다간 정말로 큰일 당해요!"

그러나 김강한이 다시 원래의 자리로 가서 앉으며 담담하게 받는다.

"갈 때 가더라도 마시던 술은 다 마시고 가야 할 것 아닙니까?"

마담은 어이가 없다. 이 사내, 홍미남. 도대체 뭘 모르는 건지, 아니면 능청맞은 건지.

그러나 마담은 이내 또 눈빛이 깊어진다. 그런 그녀에게서는 방금까지의 다급함과 염려 대신에 오히려 묘한 기대의 빛까지 보이는 듯하다. 그녀가 웨이터를 부른다. 그리고 발음도 쉽지 않은 이름의 술 한 병을 가져오라고 한다. 그런데 아까 시킨 두 번째 병의 술이 아직 삼분의 이가량이나 남아 있다. 더욱이 이번의 술은 이름에서부터 좀 전의 술보다 더 비싸다는 느낌이 팍팍 드는 것이니 김강한이 짐짓 의아하다는 기색을 지어 보인다.

"이건 제가 내는 거예요."

마담이 살짝 미소를 지어 보이며 말한다. 다시 고혹적인 미소다.

독주(毒酒)의 진의

웨이터가 가져온 새 술의 병마개를 따서 마담이 김강한의 잔을 채운다. 김강한이 사양하지 않고 곧장 한 모금을 목구멍으로 넘기는데 소리가 절로 나온다.

"크으!"

꿈틀!

내단이 곧장 반응한다. 확실히 화끈하다. 이 정도면 독주(毒酒)라고 해도 손색이 없겠다. 비싼 독주.

'그런데 독주? 이 와중에 이런 독주를 주는 마담의 진의는 뭘까?'

김강한은 문득 그런 의문을 떠올려 본다.

맨정신으로는 어려울 테니 독주라도 마시고 취한 김에 용기를 내보라는 걸까, 아니면 아예 취해서 오지게 한번 당해보라는 걸까? 저쪽에서 마담보고 형수 어쩌고 했으니 사실은 마담이 저들 조폭과 가까운 사이이고, 그러니 일이 더 커지기 전에 이쯤에서 그와는 등을 돌리고 자신의 안위를 도모해 보겠다는 것?

창피

픽!

그가 내던진 휴대폰이 호되게 벽에 부딪히며 파편이 사방으로 튄다. 조직원들이 깨졌다는 보고다. 그것도 제법 실력깨나 있다는 놈들 넷이서 누군지도 모르는 낯선 자 하나에게 형편없이 깨졌단다. 무엇보다 그의 화를 못 참게 만드는 것은 그곳이 조직의 관할 구역 중에서도 중심지이며, 다시 하필이면 플라밍고라는 사실이다.

그는 창피를 모른다. 안면 몰수에 오히려 익숙하다. 그러나 그가 관심을 두고 있는 여자 앞이라면 다르다. 더욱이 그가 지금까지 거쳐온 그 어떤 여자보다도 그의 스타일에 맞는 여자라서 어설프나마 진정을 보이며 거리를 좁혀가고 있는 여자 앞에서 그의 조직원이 형편없이 깨졌다는 데 대해서는 더할 수 없는 창피를 느낀다.

자랑거리가 될 수는 없겠지만, 그의 나이에 이만한 조직을 경영하고 있다는 건 그가 내세울 수 있는 유일한 자부심이나 마찬가지다. 그리고 그 여자라면 그런 그의 자부심을 이해하고 존중해 줄 거라고 믿고 있는 때문이다.

쾅!

조하진은 거칠게 문을 박차고 사무실을 나선다.

아무래도 비정상이다

플라밍고가 갑자기 붐비기 시작한다. 손님들이 일시에 들이닥친 때문이다. 그러나 보통 손님들이 아니다. 옷차림에서, 덩치에서, 무엇보다 날카롭고 불량스러운 기세에서 영락없는 조폭들이다.

그들의 위압적인 분위기에 바에 있던 손님들이 겁에 질려 슬금슬금 빠져나간다. 그리고 이윽고 바의 내부는 조폭들로만 가득 찬다. 다만 창가 쪽의 테이블 한 곳만 제외하고.

마담은 애써 태연한 체를 하고 있으나, 얼굴에는 이미 긴장과 낭패감이 가득하다. 오늘 하루 영업을 망치는 건 문제가 아니다. 황당한 경우를 당하고 쫓겨나듯이 가게를 나간 손님들로부터 소문이 날 테고, 그로 인해 한동안은 매출이 눈에 띄게 줄 것을 각오해야 한다. 그렇다고 경찰에 신고를 할 수도 없다. 그랬다간 아예 영업을 접어야 할 테니까.

그런 중에도 그녀의 앞에 앉은 홍미남은 볼수록 이상하다. 사태가 이 정도로 번졌으면 겁에 질리든지 혹은 긴장하는 기색이라도 보이는 게 정상일 텐데, 여전히 태연하기만 하다. 한 술 더 떠 느긋하기까지 해 보인다. 그런 점에서 홍미남은 아무래도 비정상이다.

세 사람

바를 완전히 접수하고도 조폭들은 누구 하나 테이블을 차지하지도 않고 통로 곳곳에 버티고 선 채로 분위기만 무겁게 잡고 있다. 아마도 누군가 오기를 기다리는 것쯤으로 보인다. 그런데 그때다.

딸랑 하는 소리가 맑게 울린다. 출입문에 달린 작은 종이 울리는 소리다. 그 소리는 그렇게 크지 않아서 원래라면 출입구 가까이에 있는 카운터에서나 들릴 정도다. 그러나 지금은 실내 전체가 조용하다 못해 적막하기까지 하니 바의 깊은 안쪽까지 아주 선명하게 들리고, 그런 까닭에 실내의 모든 시선이 일제히 입구를 향해 쏠린다.

세 사람이 안으로 들어서고 있다. 떡 벌어진 어깨를 지닌 건장한 사내 둘과 그 뒤를 따르는, 반백의 머리지만 또한 곰같이 우람한 체구의 중년인이다.

그런데 곧장 안쪽의 심상찮은 분위기를 눈치챘을 텐데, 그
리고 그랬다면 대번에 삼엄한 위압감을 느끼고서 얼른 되돌
아 나갈 법도 한데 그들은 그냥 성큼 안으로 들어선다.

딸랑!

출입문이 닫히면서 다시 종소리가 울린다.

그들 세 사람은 실내의 사뭇 험악한 분위기와는 무관하다
는 듯이, 또 통로 곳곳에 버티고 서서 거칠게 노려보는 조폭
들과 가볍게 어깨를 부딪치는 것까지도 별로 개의치 않는 모
습으로 성큼성큼 안쪽으로 들어선다. 그리고 내부를 한 바퀴
살피고는 곧장 유일하게 손님이 앉아 있는 창가 쪽 테이블을
향해 다가간다.

사람의 이름이란 건

"조 대표님!"

그 반백 머리에 곰같이 우람한 체구의 중년인이 굵은 목소
리로 부르는 소리에 김강한은 그 중년인에 대해서라기보다는
그 소리 자체의 의미에 대해 문득 당혹스럽다.

'조 대표!'

그 호칭은 그가 최근 한동안은 거의 듣지 못한 것 같다. 만
나는 사람들이 거의 한정되어 있었으니 굳이 호칭을 써서 그
를 부를 사람도, 일도 별로 없던 것이다. 비슷하게 들은 것은

그저 '대표님' 정도였다.

어쨌든 당혹스럽다는 것은 조 대표, 그것이 결국 의미하는 바가 곧 조상태라는 점에서 그로서도 그 이름을 꽤나 오랜만에 떠올려 보는 느낌이 들어서다.

사실 이제쯤에는 그 스스로도 분명치가 않다. 현재의 그가 김강한인지, 아니면 조상태인지.

진초희는 처음부터 그를 김강한으로 대하고 있다. 그리고 이철진과 쌍피의 경우에는 그가 조상태가 아니란 사실을 누구보다 잘 알고 있음에도 여전히 그를 조상태로 대하고 있다. 아니, 그들은 그가 김강한이든 조상태든 상관하지 않겠다는 것인지도 모른다. 다만 그냥 그들이 아는 그로 대하는 것인지도.

하긴 그도 그렇다. 그 역시도 그들을 그냥 그들 각각으로 본다. 그냥 그가 아는 그들 각각.

그러고 보면 사람의 이름이란 건 그냥 그 사람을 다른 사람과 구분하여 부르기 위한 수단일 뿐이지 그 이상도 그 이하도 아닌 것 같다.

그 사람

그 반백의 중년인이 시선을 맞추며 불렀음에도 김강한은 처음에 그를 몰라볼 뻔했다. 희끗희끗한 머리 때문에라도 그

는 그새 부쩍 늙은 것 같고, 또 그만큼 많이 순화되고 점잖아
진 것 같다.

그러나 곰같이 우람한 체구에 길게 찢어진 눈매만으로도
여전히 위압적인 기세를 뿜어내고 있는 그는 바로 양낙진이
다.

전국구 3대 메이저 조폭 조직 중의 하나인 로타리파의 행
동대장 출신이자 그 조직의 핵심 사업체인 삼도 물산의 회장
실소속 상무.

첫 만남에서 그에게 권총을 겨누었고, 심지어 실제로 방아
쇠를 당긴 사람. 그 대가로 그가 한 방에 녹다운시켜 버린 바
로 그 사람 말이다.

한 시간 전쯤

한 시간 전쯤.

삼도 물산의 총수 남대식 회장은 핫라인으로 걸려온 전화
한 통을 받는다. 여유로운 개인 시간을 보내고 있던 중이지만
받지 않을 수 없는 전화다. 서해 개발의 전 대표 이철진으로
부터의 전화이기 때문이다.

"회장님!"

"아, 이 대표! 아니, 이 고문! 오랜만이오! 그래, 요즘 어떻게
지내시오?"

"저야 뭐, 그럭저럭 지내고 있습니다. 그런데 회장님."

몇 마디 더 의례적인 인사말이 오갈 만도 하건만 곧장 본론으로 들어가려는 이철진의 투에서 남대식 회장은 뭔가 심상치 않은 느낌을 받는다.

"저희 조 대표 아시죠?"

"아, 그럼요! 물론이지요!"

"지금 조 대표가 시내의 한 바에서 술을 한잔하고 있는 중인데, 문제가 좀 생긴 모양입니다."

"문제라면……?"

"귀찮은 시비가 좀 생긴 모양인데, 아마도 회장님 쪽 계열의 조직인 것 같습니다. 애들 몇몇이 무례하게 굴어서 조 대표가 가볍게 손을 좀 봐준 것 같은데, 그쪽에서 지금 인력을 대거 동원하고 있는 모양입니다."

"예? 저희 쪽 조직이라니요? 좀 더 자세하게 말씀해 주시겠소?"

남대식 회장의 목소리가 설핏 급해진다.

"제가 우선 좀 알아봤는데, 그쪽 구역을 맡고 있는 친구 이름이 조하진이라고 하던가, 아마 그럴 겁니다."

"조하진? 귀에 익지 않은 걸로 봐서 우리 쪽 직계는 아닌 것 같은데, 어쨌든 방계의 조직일 수도 있으니 지금 즉시 알아보겠소."

"저희 조 대표 성질이 어떻다는 건 회장님도 잘 아실 테고

해서 급하게 연락드리는 겁니다. 혹시라도 서로 간에 불유쾌한 일이 발생하지 않도록 조치 부탁드리겠습니다."

"이를 말이오? 즉시 조치하겠소. 그리고 고맙소, 이 고문. 이렇게까지 신경을 써줘서."

미친놈

양낙진 상무는 남대식 회장으로부터 긴급한 전화를 받는다. 말 그대로 긴급 상황이다.

조상태가 어떤 인물인지, 얼마나 대단하며 또 얼마나 예측불가능한지 비록 짧은 시간이지만 가장 확실하게 경험을 해본 그다. 그런 조상태에게 누군가 시비를 걸고, 그것도 모자라 지금 조직을 동원해서 까려고 하고 있단다. 어떤 놈인지 미친놈이다. 그런데 그 미친놈이 로타리파와 무관하지 않다고 한다.

가용한 모든 연락책을 긴급으로 동원한 결과 그 미친놈의 신상을 확보했다. 과연 방계의 단위 조직 하나를 관리하고 있는데, 나이가 아직 삼십 대 초반이란다. 그런 데서는 양낙진이 지레 탄식하고 만다.

'아무리 방계라지만 도대체 어떤 얼빠진 놈이 이런 새파란 애새끼한테 조직을 맡겨놓은 거야? 그동안 내가 뒤로 좀 물러나 있었더니 이거 조직 돌아가는 꼬라지가 아주 개판이구만?'

양낙진이 즉각 그 미친놈, 새파란 애새끼의 휴대폰 번호로 전화를 건다. 그러나 몇 차례의 시도에도 전화 연결이 되질 않는다. 이윽고 그의 마음이 급해진다. 자칫 불상사가 생기기 전에 일단 사태를 수습하고 봐야 한다. 그는 지체할 틈을 조금도 갖지 못하고 곧장 현장으로 출발한다.

제5장
—
정리

안도

"오랜만입니다, 조 대표님. 저 기억하시겠습니까?"

양낙진의 사뭇 조심스러운 인사에 대해 김강한이,

"아……!"

하고 짐짓 모호한 반응을 보인다. 마치 어디서 한번 본 얼굴인 것 같기는 한데, 막상 누군지 기억은 잘 나지 않는다는 시늉이다. 양낙진이 얼른 덧붙인다.

"저, 삼도 물산 회장실의 양낙진 상무입니다. 그때 박해건 사장의 일로 저희 남대식 회장님과 만나셨을 때……"

김강한의 반응이 그제야 분명해진다.

"아아, 그렇군요, 양 상무님!"

그러나 양낙진은 여전히 조심스럽다. 어느 쪽으로 앉아야 할지부터가 그렇다. 조상태의 옆자리로 앉자니 영 부담스럽고, 그렇다고 조상태와 함께 술을 마시고 있는 여자의 옆으로 앉자니 그것도 괜히 부담스럽다. 그럴 때 조상태가 가벼운 손짓으로 여자의 옆으로 앉으라고 자리를 정해주고 나서야 양낙진은 내심 가볍게 한숨을 내쉰다. 그도 모르게 나오는 안도의 한숨이다.

이어 김강한은 양낙진을 수행해 온 두 사내에게도 앉을 것을 권하지만, 사내들은 펄쩍 뛰듯이 사양하며 뒤로 한 걸음씩을 물러난다. 마치 무엇을 잘못하여 질책이라도 받는 듯한 모습들이다. 사실은 그들 둘 또한 양낙진이 방금 말한 그때 그 자리에 함께 있었고, 그리하여 조상태가 어떤 인물인지 직접 목격한 바가 있는 것이다.

저 사내, 진짜 정체가 도대체 뭘까?

마담은 가만히 자리에서 일어선다. 아무래도 자신이 계속 앉아 있을 자리는 아닌 것 같아서이다. 그때다.

"그냥 앉아 있어요. 이렇게 좋은 술도 냈는데 최소한 이건 다 마시고 일어서야 할 것 아닙니까? 그리고 마담이 따라주지 않으면 술맛도 별로일 것 같고."

마담이 저도 모르게 가볍게 실소하고 만다. 전혀 매력적인 멘트가 아니다. 하긴 매력적이지 않은 게 멘트뿐만은 아니다. 솔직히 어디 한 군데 특별히 매력적인 곳은 없는데, 그런데도 묘하다. 묘하게도 자꾸 사람을 당기는 데가 있다. 저 담담한 눈빛 때문일까? 하여간 흥미남이다. 이제는 그냥 흥미 정도를 넘어 점점 매력까지를 더해가고 있는. 그녀는 차마 일어서지 못하고 다시 의자에 엉덩이를 붙인다.

"자, 양 상무님, 한잔하시죠."

김강한이 술을 권하자 양낙진이,

"예, 대표님!"

하고 두 손으로 잔을 받든다. 그 모습도 마담에게는 새삼 이색적이다. 양 상무라는 사람에 대해서는 잠시 본 것만으로도 대강은 짐작할 수 있을 듯하다. 사실은 한눈에도 거물급의 포스다. 비록 연륜과 격식으로 포장하고 있지만, 그 이면에는 세상을 거칠 것 없이 살았을 것 같은 거칠고 포악한 기질이 비친다고 할까? 테이블 뒤쪽으로 한 발 물러서서 두 손을 모은 채 공손하게 서 있는 두 명의 사내도 결코 평범한 포스들은 아니다. 둘 다 제법 규모 있는 조직의 행동대장쯤의 포스를 풍긴다고 할까? 그런 사람들이 지금 흥미남 앞에서는 깍듯하게 예를 갖추고 몹시 조심스러워하는 모습을 보이고 있다.

'조 대표? 저 사내, 진짜 정체가 도대체 뭘까?'

마담의 궁금함이 더욱 커져간다.

"크으!"

술이 독하긴 독한 모양이다. 원샷을 한 양낙진이 자못 격한
반응을 보이며 몸을 부르르 떠는 시늉이다.

촌빨 날리지 않게! 그러나 확실하게!

차에서 내리며 조하진은 잔뜩 인상부터 찡그린다.

상황을 보아하니 건물 주변은 물론이고 7층의 플라밍고까
지 이미 조직원들이 장악하고 있는 모양새다. 관할 구역의 중
심에서 벌어진 사건이라 조직 전체가 민감할 수밖에 없는 노
릇이다. 다만 그가 평소 플라밍고에 대해서는 여러모로 편의
를 봐주고 있는 것을 부하들도 알고 있기에 그가 도착할 때까
지 행동에 돌입하지는 않고 기다리고 있는 것이리라.

그러나 일제히 허리를 접는 부하들을 보면서 그는 벌컥 짜
증이 치민다.

"야, 이 병신 같은 새끼들아! 지금 무슨 전쟁이라도 났냐?
왜 이 난리들을 치고 있어?"

사실은 누구에게 하는 말이 아니라 스스로의 짜증을 내뱉
은 것이다. 그러나 그는 이내 스스로를 진정시킨다. 기왕에 창
피를 당한 마당이지만, 수습은 제대로 해야 한다. 촌빨 날리
지 않게! 그러나 확실하게!

성의는커녕

"형님!"

7층에서 엘리베이터를 내린 조하진이 플라밍고로 들어서자 입구에서부터 진을 치고 있던 부하들이 일제히 외치며 속속 허리를 잡는다.

조하진은 어쩔 수 없이 다시금 인상을 쓰고 만다. 다시 부하들 때문은 아니다.

플라밍고의 마담 때문이다. 상황이 이쯤 됐고, 더욱이 그가 직접 왔다는 것을 알았으면 마담이 버선발로는 아니더라도 일단 나와는 봐야 하는 것 아닌가 말이다.

사실 그동안에는 그가 어떤 사람인지 간접적으로만 드러냈지 직접적으로 보여준 적이 없다. 그런데 지금 그의 조직이 이정도의 규모와 파워를 가진 것을 확실하게 알게 되었으면 내키지 않더라도 약간의 애교 정도는 보여야 할 필요가 있지 않겠는가? 그의 관할 구역에서 계속 영업을 해나가려면 그 정도의 성의는 표시해야 하는 것 아닌가 말이다. 그가 알고 있기에 마담은 그런 정도의 대범함과 융통성이 있는 여자이고, 그런 게 매력이기도 했다. 그런데 지금 그녀는 성의는커녕 아예 모습조차 비추지 않고 있다.

별 볼 일이 없다

성큼성큼 안으로 들어가 실내를 한 바퀴 휘둘러보는 조하
진의 시선에 창가 쪽 테이블에 앉은 마담의 뒷모습이 잡힌다.
그리고 마담의 맞은편에 앉은 남자.

'저자인가?'

조하진은 그 남자가 바로 문제의 중심에 있는 인물임을 직
감하고 잠시 살핀다. 그러나 그는 이내 실망스럽다. 남자가 그
저 평범할 뿐이라는 데 대해서다. 한마디로 별 볼 일이 없다.

'이런 병신 새끼들!'

새삼 벌컥 화가 치민다. 부하 중에서는 그래도 꽤 괜찮다고
생각하던 놈들인데 기껏 저런 자에게 처맞고 그것도 모자라
서 지금 이런 왁자지껄한 소란까지 피우고 있단 말인가? 갑자
기 얼굴이 화끈거린다. 격해지는 감정에서 벗어나기 위해서라
도 그는 애써 시선을 돌린다. 별 볼 일 없어 보이는 그자의 주
변에 몇 명이 더 있는 것이다.

니가 조하진이냐?

테이블에 앉지도 못하고 그 주변에 공손한 태도로 서 있는
두 명에게로 우선 시선을 주는 순간, 조하진은 설핏 긴장하고
만다. 전류처럼 뇌리 속을 뚫고 지나가는 촉 때문이다. 그 두

명에게서는 냄새가 난다. 동류의 냄새다. 그들 또한 그와 같은 바닥에 뿌리를 두고 있는 자들인 것이다.

두 손을 가지런히 모은 채 가만히 버티고 서 있는 것만으로도 그 두 사내가 풍기는 포스는 상당하다. 지금 실내가 그의 조직에 의해 완전히 장악당해 있다는 걸 모를 리 없을 텐데도 그 두 사내에게서는 기죽거나 주눅이 든 기색 같은 건 전혀 보이지 않는다. 오히려 여유가 비치고 있는 것 같다. 마치 늑대 무리의 포위 속에서도 느긋하게 제자리를 지키고 있는 호랑이처럼.

그런 차인데, 마담의 옆자리에 앉아 조하진과는 등을 지고 있는 또 한 사람이 그를 향해 고개를 돌린다. 머리가 반백으로 희끗희끗한 중늙은이다. 그러나 길게 찢어진 눈매에서는 매서운 날카로움이 느껴지고 곰같이 우람한 어깨와 등에서 풍기는 사뭇 위압적인 기세가 그제야 확연하다. 그리고 그때다.

"니가 조하진이냐?"

반백의 중늙은이가 그와 시선을 맞추며 묵직하게 묻고 있다.

하늘 같은 존재

조하진의 눈빛이 흔들리고 만다. 그 반백의 중늙은이가 풍기는 포스는 앞서의 두 명의 사내와는 또 한 차원이 다르다.

더욱이 그가 자신을 알고 있으며 아주 당연하다는 듯이 하대를 한다는 점에서는 전율처럼 위기감이 엄습해 든다. 조하진의 염두가 치열하게 돌아갈 때다.

"나 삼도 물산의 양낙진 상무다. 들어본 적 있나?"

중늙은이의 그 말에 조하진은 이윽고 멍해지고 만다. 삼도 물산, 그리고 양낙진. 그가 익히 알고 있을뿐더러 너무도 거대한 이름이다. 그는 차라리 실감이 나지 않는다. 지금 이게 도대체 어떻게 된 상황인지에 대해.

그러나 멍하고 실감이 나지 않는 것과는 무관하게 다음 순간 조하진의 허리가 구십 도로 각을 이루며 넙죽 접힌다. 반사적이다시피 이루어진 반응이다. 그가 3대 전국구 조직 중의 하나인 로타리파의 족보에 이름을 올리고 있는 건 맞지만, 기껏 변방의 방계에 불과하다. 몇 단계는 더 치고 올라가야 비로소 직계로 진입할 수 있을 텐데, 그 과정이 결코 만만치 않아서 아직은 먼 시간 뒤에나 가능한 얘기다. 그런데 로타리파의 직계 중에서도 본류, 그것도 초창기 조직의 형성기에 행동대장을 지낸 양낙진이라니. 그로서는 감히 눈조차 마주칠 수 없는, 그야말로 하늘 같은 존재다.

깊숙이 허리를 숙인 채로 조하진은 이를 악다문다. 감히 짜증은 아니고 원망이다.

'이 순간을 벗어나기만 하면 애초에 이런 어처구니없는 상황을 만든 그놈들부터 죽여 버리고 말리라! 어디 건드릴 사람

이 없어서 저런 엄청난 인물을 건드렸단 말인가? 누굴 죽이려고!'

최악의 순간

조하진이 감히 고개를 들지 못하고 있는 중에도 그에게로 향해 있는 시선 하나를 느낀다.

굳이 확인해 보지 않아도 누구의 것인지 짐작해 볼 수 있는 익숙한 시선, 마담이다.

참담하다. 차라리 죽고 싶은 심정이다.

지금 이 순간이야말로 그의 인생에 있어 최악의 순간이리라.

아무리 그가 감히 눈조차 마주치지 못할 인물 앞이라지만 마담에게는, 그가 마음에 두고 있는 여자에게는 결코 보여주고 싶지 않은 모습이다.

평범한데 이상한

마담은 새삼 놀랍다.

양낙진 상무라는 사람이 거물급일 거라는 짐작은 이미 한 바지만, 그렇다고 조하진이 저처럼 극도의 예와 존중을 표시하는 광경은 당황스러울 정도다. 조하진이 어떤 인물인지, 어떤 성격인지는 그녀도 대강은 아는 까닭이다.

조하진은 조폭과는 어울리지 않게도 꽤나 괜찮은 집안 출신이라고 했고, 그런 때문인지 이따금씩 조폭과는 어울리지 않는다고 해야 할 엘리트 의식 같은 게 비치기도 했다. 특히나 자존심이 상당히 강한 성격이다. 조하진이 이전에 그녀의 가게에서 이 바닥의 선배급이라는 인물들을 만나는 걸 몇 차례 본 적도 있다. 그러나 그때 그는 가볍게 고개를 숙여 예를 표하는 정도였지, 지금과 같이 아예 넙죽 허리를 접는 건 처음이다. 그만큼 양낙진 상무가 대단한 인물이라는 것이리라.

'그렇다면… 그처럼 대단한 양낙진 상무에게 깍듯하게 예우를 받고 있는 저 사내는 도대체……?'

마담의 시선이 다시 맞은편의 사내에게로 향한다. 겉모습은 그저 평범해 보이는데 술이 무척 세고, 볼수록 묘하게 사람을 잡아끄는 매력이 있으며, 그러나 도무지 정체를 짐작조차 해보기 어려운 이상한 사내다.

보다 절박한 것은

"이런 천둥벌거숭이 같은 친구야, 니가 도대체 무슨 짓을 저질렀는지 아직도 모르겠냐?"

양낙진의 무거운 질책에 조하진의 몸이 움찔한다. 그러나 감히 머리를 들 엄두는 내지 못하는데, 양낙진의 호통이 이어진다.

"여기 조 대표님은 회장님께서도 극진히 대하는 분이시다. 그런 분께 네까짓 놈이 감히 이런 무례를 범해?"

조하진은 극도로 혼란스럽다. 여전히 그저 평범하고 별 볼일 없어 보이는 저자가 삼도 물산의 남대식 회장, 즉 로타리파의 최고 보스가 극진히 대하는 인물이라고? 면전에서 양낙진에게 호통을 당하고 있으면서도 도무지 실감이 나지를 않는다.

"뭐 하고 있어, 당장 조 대표님께 무릎 꿇고 사죄부터 드리지 않고?"

양낙진의 호통이 이윽고 실내를 쩌렁하게 울릴 때, 조하진은 그대로 바닥에다 무릎을 꿇는다. 혼란은 있되 갈등은 없다. 보다 절박한 것은 현재의 상황을 수습하는 일이다.

"죄송합니다! 감히 몰라뵙고 큰 무례를 범했습니다! 용서해 주십시오!"

쪽팔리는 짓

김강한은 짐짓 미간을 모으며 뭔가 석연치 않다는 표시를 낸다.

"조하진이라고 했나?"

조하진이 무릎을 꿇은 채로 감히 머리를 들지 못하고 대답한다.

"그렇습니다!"

김강한이 고개를 갸웃하고는 잇는다.

"누구한테 들었는데, 새파란 고등학생들에게 조폭입네 하며 치졸한 행세를 하고 다니는 인간이 하나 있다고 하데? 그런데 그 인간 이름이 조하진이라고 하는 것 같던데, 혹시 그쪽이야?"

생각지도 못한 얘기에 조하진이 순간 뭐라고 답을 하지 못하는데, 김강한이 가볍게 고개를 끄덕이며,

"맞나 보네."

하고 스스로 확인하곤 다시 잇는다.

"이봐, 무슨 사정이 있었다고 쳐도 애들 문제는 애들한테 맞는 방식으로 풀어야 하는 거 아니겠어? 더욱이 학교에서 생긴 문제는 학교다운 방식으로 풀어야 하는 거고 말이야. 그런데 고작 조폭 짓이나 하는 주제에 그게 뭐 그리 자랑이라고 애들 공부하는 학교에까지 쳐들어가서 유세를 떨어? 아무리 막 나가는 조폭이라고 해도 그건 진짜로 쪽팔리는 짓 아냐?"

조하진의 등줄기에 식은땀이 홍건히 배어나고 있다. 이게 도대체 어떻게 된 내막인지 도무지 짐작조차 못 할 노릇이다. 그러나 지금은 그런 걸 따질 계제가 아니다. 내막이야 어떻게 되었건 간에 무조건 그가 쪽팔리는 짓을 한 것이다. 그의 머리가 더욱 깊숙이 숙여진다.

"부끄럽습니다!"

아무래도 영 깔끔하지가 않네?

김강한이 잔뜩 찌푸린 채 술잔으로 손을 뻗는다. 그러자 마담이 얼른 잔을 채워주는데, 그 틈에 양낙진이 조하진에게 슬쩍 손짓한다. 눈치껏 사라지라는 뜻이리라.

조하진이 찍소리 하지 못하고 재빨리 무릎을 세우고 일어선다. 그리고 김강한을 향해 구십 도 인사를 하고 다시 양낙진을 향해서도 허리를 숙이려는 것을 양낙진이 버럭 인상을 쓰며 재차 눈짓으로 빨리 사라지라고 독촉한다.

조심스럽게 물러나는 조하진의 얼굴색이 잿빛이다. 오늘 이 일의 여파는 앞으로 두고두고 그의 발목을 잡을 것이다. 그가 이 바닥에서 발을 붙이고 있는 한에는. 더욱이 마음에 둔 여자 앞에서, 그리고 부하들 앞에서 공개적으로 당한 치욕은 그 스스로에게도 극복하기 어려운 상처가 될 것이다. 그런데 그가 무거운 걸음으로 입구 가까이의 카운터까지 갔을 때다.

"어이, 잠깐만!"

뒤에서 부르는 소리가 있다. 조 대표다.

"아무래도 영 깔끔하지가 않네?"

이어진 그 말에서 조하진은 차라리 허탈한 심정이 되고 만다. 역시 곱게 그냥 보내주기에는 성이 차지 않는다는 것이리라. 그래서 몇 대 치기라도 하겠다는 건가? 그러나 지금 이 상황에서 그가 할 수 있는 건 아무것도 없다. 그저 당하는 수밖에. 그럼에도 상대에 대해 감히 복수심마저 품지 못하리라는 점에서는 그저 허탈해진다.

계급장 떼고 오직 깡으로 붙는 승부라면

김강한이 조하진을 다시 불러 테이블 맞은편의 마담 옆으로 앉힌다. 그리고 맥주 컵 하나를 조하진의 앞으로 미는데, 조하진이 잔뜩 위축된 가운데서도 얼떨떨한 빛이다가는 김강한이 다시 술병을 드는 걸 보고는 얼른 두 손으로 컵을 받쳐 올린다. 김강한이 그 컵에 가득하도록 술을 채우고는 불쑥 묻는다.

"어때?"

조하진이 당황하며 흘깃 양낙진의 눈치부터 살핀다. 그러나 양낙진으로서도 김강한의 심중을 짐작하지는 못하는데, 김강한이 무덤덤하게 덧붙인다.

"이곳 영업에 지장을 많이 준 것 같으니 우리라도 매상을 좀 올려주자고. 물론 혼자 마시라는 건 아니고 나랑 같이 마셔. 말하자면 술 내기를 하자는 거지. 지는 쪽이 화끈하게 술값을 내는 거고. 어때?"

조하진은 가볍게 숨을 들이켠다. 뇌혈관 속으로부터 꿈틀 피어오르는 흥분을 일단 가라앉히기 위해서다. 다른 건 몰라도 술이라면 누구와 붙어도 지지 않을 자신이 있다. 술이 세다는 건 체질도 체질이지만 결국은 깡으로 버티는 거다. 감히 복수심마저 품지 못할 정도의 상대지만, 계급장 떼고 오직 깡으로 붙는 승부라면 그가 꿀릴 이유는 조금도 없다. 아니, 기필코 꺾어주리라. 더욱이 테이블 위의 빈 술병들을 보니 조 대표는 이미 꽤나 마신 것 같다. 그것도 독주로.

"여기 술 좀 여유 있게 가져다 놔요! 이 집에서 제일 센 것들로!"

김강한이 마담을 향해 짐짓 호기를 부린다.

무조건 콜

벌컥벌컥!

조하진은 맥주 컵에 가득한 술을 목구멍으로 들이붓듯이 원샷으로 마셔 버린다. 상대를 질리게 만들려는 의도이다. 승부가 짧을수록, 또 누구도 이의를 제기할 수 없을 만큼 명쾌할수록 어느 정도쯤 그의 자존심을 회복할 수 있을 것이다.

쭈우욱!

김강한이 또한 맥주 컵을 비워낸다. 여유롭게. 마담이 두 사람의 잔을 다시 채운다.

벌컥벌컥!

쭈우욱!

지켜보는 눈들이 점점 더 동그랗게 되는 가운데 빈 술병이 금세 네 개로 늘어난다.

조하진의 얼굴색이 창백하다. 두 눈의 초점이 흔들리는 것 같고, 잔을 비워내는 속도도 많이 느려진다. 그러나 그는 여전히 필사적으로 술을 들이붓고 있다.

상대적으로 김강한은 여전히 여유로워 보인다. 아니, 그는 점점 더 여유로워지는 것 같다. 가볍게, 쉽게 잔을 비워내고 있다. 사실 이 무모한 내기에서 그가 잃을 건 전혀 없다. 오로지 얻는 것만 있다. 비싼 술을 공짜로 폼까지 잡아가면서 맘껏 마시지, 마실수록 내단 단련되지, 그야말로 무조건 콜인 것이다.

이러다 진짜로 금강불괴되는 거 아냐?

독주를 물처럼 들이부으니 내단의 반응이 사뭇 활발하다.

'이러다 진짜로 금강불괴되는 거 아냐?'

김강한은 문득 그런 상상을 해본다.

그리고 상상이 조금씩 더 실감 나도록 다가오기에 그가 이윽고는 참지 못하고 웃음을 흘린다.

'흐흐흐!'

물론 그 사뭇 음흉스러운 웃음은 그의 입속에서만 울린다.

확실하게

쿵!

조하진이 테이블에 머리를 처박는다.

그의 술잔이 테이블 위로 넘어지며 잔에 반이나 넘게 남은 술이 쏟아진다.

김강한은 천천히 자신의 잔을 비워낸다.

몇 대 쥐어박아 주는 걸로는 잠깐 후련할 뿐이다.

깰 때는 확실하게 깨야 한다. 감히 앙심 같은 건 꿈도 꾸지 못하도록, 다시 기어오를 생각조차 못 하도록 확실하게 깨버려야 한다.

유효 한계

"남은 술은 키핑해 둘게요."

마담의 말에 김강한은 테이블 위의 술병들을 흘깃 훑어본다. 빈 병이 수북한 중에 병 하나에만 술이 반쯤 남아 있다. 처음에 그가 시킨, 마담이 좋아한다는 바로 그 술이다.

"키핑해 둘 것까진 없고, 좋아하는 술이라고 했으니 그냥 마담이 마셔요."

김강한이 희미하게 실소하며 하는 말에 마담이 고개를 가로저으며 정색으로 받는다.

"그럴 수야 없죠. 3개월까진 키핑해 드리니까 그 안에 한번 꼭 오셔요. 그땐 제가 특별히 한번 모시도록 할게요."

김강한은 문득 모호한 심정이 되는 스스로를 가볍게 추스른다. 여기서 더 이상은 곤란하다. 그가 스스로를 정당화할 수 있는 명분의 유효 한계는 여기까지다.

'어쨌든 난 아직 아무 짓도 안 했다.'

경과

조하성은 유학이나 자퇴를 시켜달라고 부모에게 요구한다. 학교에서 누구도 그의 존재감을 인정해 주지 않으며, 심지어 그와 한패거리이던 애들까지도 거리를 두며 피하는 상황을 더는 견딜 수 없다는 이유에서다.

그러나 조하성의 부모는 크게 당혹해한다. 조하성에게는 차마 말을 하지 못했으나, 사실은 얼마 전 조폭의 학교 난입 사건을 계기로 검찰에서 지난번 윤상일 폭행 사건에 대해 전면적인 재조사에 돌입해 있는 중이다. 그런 만큼 최종 수사 결과가 나오고 다시 교육청과 학교를 거쳐 조하성에 대한 징계 여부, 혹은 그 처분이 확정되기 전까지는 자퇴나 유학을 위한 과정을 밟는 것조차 여의치가 않은 것이다. 그런데 그들이 검찰과 교육청의 요직에 있는 만큼 그런 상황에 대해 미리 알았지만 이번에는 그들로서도 어떤 개입도, 이의 제기도 해볼 수가 없었다.

그 수사가 그들이 어떻게 손을 써볼 수 없는 레벨에 있는 윗선의 특별 지시로 이루어지고 있기 때문이다.

그들은 뒤늦은 후회를 해본다.

처음에 그들의 자식이 잘못을 저질렀을 때 그것을 명백히 알고도 무작정 자식을 감싼 것까지는 그래도 부모 된 처지로 약간의 공감이라도 얻을 수 있을 것이다.

그러나 적당한 지점에서는 수습해야 했는데 너무 멀리까지 나가 버렸다.

상대 피해자의 형편과 배경이 만만하단 걸 알게 되고는 맘대로 해도 되겠다는 생각이 들었다. 결국 그들이 가진 힘을 이용해서 자식의 죄를 은폐하고 나아가 피해자에게 가해자의 허울까지 씌운 것은 그들 스스로가 돌이켜 생각해도 너무 지나친 횡포였다.

결과

결과적으로 조하성은 윤상일에 대한 폭행 혐의로 기소되었다. 이후 학교에서는 그에게 퇴학 처분을 내렸다.

조하성의 형 조하진 또한 조폭의 학교 난입을 사주한 혐의로 기소되었다.

그들 형제의 부모는 직위와 직무를 이용한 부적절한 행위를 한 데 대해 각자의 직장에서 정직과 감봉의 처분을 받았고, 이후 자진 사퇴했다.

그리고 윤상일은 무죄임이 소명되고 무사히 학교로 복귀하였다.

우리가 한 일들

재단의 헤드 오피스에 두 번째로 발을 들인 중산은 사뭇 긴장된 기색이다.

그의 제안으로 수행된 재단의 시범 과제에 대해 오늘 종결 처리를 하는 자리이기 때문이다.

"이번 시범 과제에서 우리는 재단의 업무 체계를 점검하고 검증해 보는 데 중점을 두었습니다. 그러나 냉정하게 자평하자면 과정의 전반에서 서투르고 어설픈 측면이 많았습니다. 이를테면 사전조사와 분석 검증 과정에서 충분하지 못했습니다. 단계별 실행 시나리오의 기획 및 준비도 철저하지 못했습니다. 실행 단계에서도 여러 과정에서 치밀하지 못했습니다."

이철진의 모두 발언이 사뭇 냉정하다.

"평가가 너무 야박하신 것 같은데요?"

진초희가 짐짓 익살스럽게 이마에 주름을 잡아 보인다. 그러고는 다시 담담한 미소를 머금으며 덧붙인다.

"말씀대로 여러 가지 서툰 점이 있었다고 하더라도 저는 이번 일에 큰 의미를 둘 만하다고 생각해요. 비록 그것이 아주 작은 일에 불과할지라도 우리 재단의 힘으로 잘못된 걸 바로 잡고 또 누군가의 억울함을 어느 정도는 풀어줄 수 있다는 걸 확인했다는 점만으로도 말예요. 자, 그런 뜻에서 우리가 한 일들을 다시 한번 간단히 정리해 볼까요?"

진초희가 잠시 생각을 정리하고는 다시 말을 이어간다.

"우리는 먼저 자신들이 가진 힘과 권력을 이용해 횡포를 부린 가해자들에게 자신들이 행한 그대로를 역으로 당하게 해주었어요. 그들이 행사한 폭력에는 더 큰 폭력의 행사로, 또 그들이 남용한 권력에는 더 큰 권력의 남용으로 말이죠. 그럼으로써 그들이 지닌 힘이 사실은 하찮은 것에 불과하며, 또한 자신보다 약자라고 함부로 폭력과 권력을 휘둘러서는 안 된다는 진리를 절감하도록 해주었다고 생각해요. 물론 가해자들이 과연 그런 깨달음을 얻었느냐 하는 것은 전혀 우리의 관심 사항이 아니에요. 우리의 기대는 처음부터 오롯이 피해자의 입장으로만 향해 있었어요. 가해자들이 역으로 당하는 모습에서 피해자들이 가졌을 박탈감과 억울함이 조금이라도 풀어지기를 바랐죠. 따지고 보면 우리 역시도 그들 가해자들과 다르지 않게 폭력과 권력을 행사한 것이었을지라도 말예요. 그리하여 세상에는 기꺼이 그들의 편에 서주는 아주 특별한 일부도 있으며, 그래서 아직은 그래도 살 만한 세상이라고 생각해 주기를 바라는 기대였죠."

우리가 하려고 한 것

"또 야박한 얘기가 될지 모르겠지만, 몇 마디 더 해야겠습니다!"

이철진이 담담한 투로 끼어든 데 대해 진초희가 가벼운 미소로 받아준다. 이철진 또한 미소를 보이고 나서 담담하게 말을 보탠다.

"초희 씨 얘기 중에 '우리 역시도 그들 가해자들과 다르지 않게 폭력과 권력을 행사한 것이었을지라도'라는 대목에 대해서는 처음부터도 그랬고 이번 과제를 수행하는 내내도 그랬지만, 앞으로도 지속적으로 각별한 주의와 관심을 두어야만 할 부분입니다. 즉 재단의 과제를 선정하고 수행함에 있어서 혹시 우리의 주관적인 정서나 감정이 개입됨으로써 객관성과 공정성을 잃는 경우가 생기지 않을까, 그리하여 자칫 어설픈 현대판 의적 흉내를 내게 되는 건 아닐까 하는 경계 의식 말입니다."

"의적이요? 홍길동이나 임꺽정 같은? 그것도 그렇게 나쁘지는 않을 것 같은데요? 호호호!"

진초희가 재미있는 농담이라도 들었다는 듯이 소리 내어 웃고는 다시 웃음기를 추스르며 덧붙인다.

"음, 고문님 말씀을 들으면서 새삼 생각이 난 것인데, 이렇게 한번 역으로 가정을 해보면 어떨까요? 만약 우리가 이번 일을 시범 과제로 채택하지 않았다면 어떻게 되었을까 하고 말예요. 피해자들에게는 한순간에 인생이 바뀌고, 혹은 당장에 죽고 사는 절박한 문제일 수도 있던 거잖아요? 그런데 그들에게는 가해자가 휘두르는 권력의 횡포에 대항할 방법이 전혀 없었죠. 그럼 그들은 그냥 약자로서 당연히 포기하고 억울함 따윈 잊고 살아가는 수밖에 없는 걸까요? 전 그래서는 안 된다고 생각해요. 고문님의 평가처럼 이번 일에서 우리는 여러 측면의 문제점과 미흡함을 보였죠. 그리고 어쩔 수 없이 우리의 주관적인 정서나 감정이 개입되고, 그래서 객관성과 공정성을 잃은 부분도 분명히 있겠죠. 그러나 다시 한번 가정을 해보죠. 그럼에도 불구하고 만약 우리가 개입하지 않았다면?"

진초희의 목소리가 조금쯤 떨려 나오는 느낌이더니 그녀는 말을 멈추고 잠시 숨을 돌린 다음 다시 덧붙인다.

"저는 여러분께 다시 이렇게 묻고 싶어요. 우리가 범한 오류와 미흡함에도 불구하고 이번 과제를 통해 우리가 만들고 이끌어낸 결과는… 어쨌든 그런 것이야말로 바로 우리가 하려고 한 것 아닐까요? 또 앞으로도 해나가려는 것 아닐까요?"

진초희의 목소리가 완연히 떨려 나온다. 그런 데서는 이미 충분히 진지하던 좌중의 분위기가 이윽고는 무거운 정적으로 이어진다.

그 뜬금없음에 대해

김강한은 설핏 당황스럽다. 별생각 없이 그저 무덤덤한 심리적 무방비 상태로 있던 중에 갑작스럽게 무언가를 필요로 한다는 듯이 그를 응시하는 진초희의 시선을 받은 때문이다. 그나마 다행인 것은 그녀가 지금 필요로 하는 것이 무엇인지를 곧바로 짐작할 만하다는 것이다. 공감이다. 나아가 그녀에 대한 지지.

짝짝짝!

박수 소리가 잠시의 무거운 정적을 깨운다. 김강한이다. 그 뜬금없음에 대해 좌중의 저마다가 반응을 보인다. 진초희의 얼굴에는 설핏 당황스러움이 떠오른다.

"훗!"

그리고 중산은 참지 못하고 가벼운 실소를 뱉고는 스스로 놀란 듯이 얼른 웃음기를 지우며 옆의 쌍피를 돌아본다. 그러나 쌍피는 여전히 무표정이다.

중산과 쌍피의 사뭇 극명한 대비를 본 이철진의 입가에 뒤늦은 실소가 희미하게 걸린다.

그것만으로도 만족할 수 있으리라

이철진은 생각을 정리한다.

그는 아직 하고 싶은 말이 많다. 그러나 이번에도 그는 자신의 주장을 하기보다는 진초희의 생각에, 그리고 그 생각에 별달리 이의를 제기하지는 않는 다른 사람들의 인식에 그 자신을 맞출 생각이다. 지금 시점에서 최고의 목표는 역시 모두가 함께한다는 것에 있기에.

사실 그도 완벽을 추구하는 이상주의자는 아니다. 그런 터에 이제 시작인데 좀 서투르고 어설프면 또 어떤가? 재단을 이상적인 형태로 만드는 일은 그리 서두를 필요까지는 없으리라. 지금 당장은 아주 좋지 않더라도 그저 나쁘지 않은 정도에 모두가 공감하는 공동의 의미를 부여할 수 있다면, 그리고 함께할 수 있다면 그것만으로도 만족할 수 있으리라.

제6장

—

개입

사건

　국내 조폭 세계는 3대 메이저 조직이 거의 장악하고 있다고 보면 된다. 즉 국제파와 오리엔탈파, 그리고 로타리파다.

　그중 국제파가 명실공히 서열 1위이고, 오리엔탈파와 로타리파가 비등하게 2, 3위를 차지한다. 다만 서열 1위의 국제파가 다른 두 파를 압도할 만큼은 아니어서 그 세 개의 메이저 조직이 나름의 방식으로 균형을 이루고 있다.

　그런데 그들 세 파 간의 오래된 균형이 갑작스럽게 흔들리는 사건이 발생한다. 국제파에서 오리엔탈파를 향해 느닷없이 협력관계 강화 조치를 요구했는데, 그 실제의 내용인즉슨 오리엔탈파를 자파 밑으로 병합하겠다는 것이다.

오리엔탈파가 순순히 그러자고 할 리는 만무하니 두 조직은 대번에 전쟁 분위기로 돌입한다.

설득 논리

로타리파의 보스인 삼도 물산 남대식 회장이 중재 노력에 나선다. 오리엔탈파의 중재 요청도 있었지만, 지금까지 지켜오던 균형이 깨진다면 로타리파 또한 당장에 위태로운 처지가 될 소지가 다분하기 때문이다.

국제파의 기세로 보아 일단 오리엔탈파를 복속시킨다면 그 다음 차례가 로타리파가 될 것은 당연한 수순이다. 그런데 조직의 핵심역량을 거의 다 삼도 물산 계열의 합법적 사업 형태로 전환시켜 놓은 로타리파로서는 간접적 영향력에서는 몰라도 실질적인 무력 측면에서는 다른 두 파와 비교할 바가 아니다. 물론 합법적인 틀을 갖추고 있는 로타리파의 사업체들에 대해 국제파가 설마하니 무작정으로 무력을 행사하지는 못할 것이다. 그러나 또한 로타리파의 사업체들이 지니는 특성상 다만 무형의 위협을 받는 것만으로도 영업상 직간접의 막대한 피해를 입게 될 것이다. 그러니 당장의 조직 간 전쟁 발발 위험을 해소시키고 기존의 균형을 유지해야 하는 것은 남대식 회장에게도 발등의 불이나 마찬가지다.

국제파에 대한 남대식 회장의 설득 논리는 의당 공멸론(共滅論)이다. 즉 3대 메이저 조직 간에 전쟁이 발발할 경우에는 승자도 패자도 없는 공멸뿐이라는 요지이다. 그리고 국제파에서 정히 전쟁을 감행한다면 로타리파로서는 유무형의 모든 역량을 동원해서 오리엔탈파를 지원할 것이라는 압박도 병행한다.

지리멸렬

결과적으로 남대식 회장의 중재 노력은 간단히 무산되고 만다. '로타리파의 유무형의 모든 역량'이라는 압박 카드는 제대로 사용해 보지도 못했다.

검경의 돌연한 개입이 있었다. 검경이 오리엔탈파의 핵심 간부급들에 대한 범죄 혐의 수사에 전격적으로 돌입한 것이다. 남대식 회장이 사후에 확보한 정보에 의하면 검경에서 딱히 어떤 혐의를 미리 포착하고 수사에 착수한 건 아니며, 상부에서 갑작스러운 지시가 있었다고 한다.

보통 사람들의 경우에도 털어서 먼지 안 나는 사람은 없다고 하는데 조폭임에야, 그것도 메이저 조직의 핵심 간부급임에야 더 말할 필요가 없을 노릇이다. 그나마 남대식 회장이 한발 늦게라도 검경의 수사 정보를 흘려준 덕분으로 오리엔탈

파의 회장과 몇몇 핵심 간부는 일거에 체포되는 상황을 겨우
면해 잠수를 탔다.

그러나 기다렸다는 듯이 국제파의 공세가 시작되었고, 지휘
부를 잃은 오리엔탈파는 지리멸렬한 채로 이렇다 할 저항 한
번 못 해보고 간단히 무너지고 만다.

속수무책

그다음 수순은 남대식 회장이 미리 예측한 그대로다. 삼도
물산에 대한 국제파의 공세가 곧바로 시작된다.

그러나 그 공세의 방식은 남대식 회장이 예측한 궤도에서
완전히 벗어난다. 즉 삼도 물산의 합법적인 사업체들에 대해
국제파는 아무 거리낌 없이 무력을 동원했고, 무차별적인 강
탈을 자행한 것이다.

그런 불법행위에 대해 삼도 그룹 측에서는 즉각 검경의 요
로에다 신고와 고발을 했다. 그러나 어찌 된 노릇인지 검경은
움직이지 않는다. 엄연한 불법과 폭력이 자행되고 있는 상황
에서도 조폭들 간의 세력 다툼쯤으로 치부하며 좀 더 추이를
지켜보겠다는 태도만 취하고 있다.

이건 차라리 묵인이다. 나아가 국제파에 노골적으로 힘을
실어주는 비호이다.

삼도 물산이 속수무책으로 무너져 가고 있는 중에 남대식

회장은 쓸 수 있는 모든 수단을 다 동원하고 있다. 그러나 그가 자신하던 유무형의 역량과 수단은 어느 것 하나도 작동하지 않는다. 그가 그토록 공들여 구축한 정재계 전반의 광범위한 인맥조차도 아예 무용지물이다.

절망적 상황에서 그는 이윽고 하나의 분명한 결론에 이른다. 이런 상황은, 특히 검경이 취하고 있는 태도는 그 윗선의 어떤 영향력, 그가 가진 역량 정도로는 감히 어떻게 해볼 수 없는 가히 초월적인 영향력이 개입되지 않고는 결코 가능하지 않다는 것이다.

후회

삼도 물산과 로타리파의 궤멸은 이제 시간문제로 몰리고 있다. 남대식 회장은 평생을 살면서 지금처럼 크게 후회해 본적이 없다.

아무리 시대의 조류에 맞추어 변화를 추구한다고 해도 최소한의, 그리고 최후의 무력은 남겨놓았어야 했다.

그랬다면 지금과 같은 경우 마지막 저항이라도 해볼 수 있었을 것이다.

그리하여 다만 얼마간의 시간이라도 버텨냄으로써 이처럼 극단적인 비정상과 비상식의 상황일지라도 어떤 틈이 생길 수도 있는 것이고, 그리하여 기사회생의 마지막 기회를 한 번 더 노려볼 수는 있지 않았겠는가?

그러나 이제에 와서는 그저 헛되고 부질없는 후회일 뿐이다.

작은 희망 하나

후회와 절망에 빠져 있던 중에 남대식 회장은 문득 작은 희망 하나를 떠올려 본다.

그가 가진 인맥 리스트 중 최하점과 최상점의 점수가 동시에 매겨진 하나의 이름에 대해서다.

최하점은 활용 가능성의 평가 항목에서이다. 즉 가장 다루기 어려우며 도움을 청할 수단도 명분도 취약한 대상이다. 그런 점에서는 작은 희망이라도 감히 가져보기 어렵다고 할 것이다.

그러나 그 이름이 지닌 능력에 있어서는 단연코 최상점이다. 일단 그의 편이 되어준다면 결정적인 한 방의 역할을 능히 해줄 것은 물론이고, 이 절체절명의 상황에서 기사회생의 숨통을 틔워주고 나아가 건곤일척의 역전 기회를 줄 수도 있는 폭발적인 능력을 지니고 있는 것이다.

그 이름은 한 사람이 아니라 두 사람이 하나로 묶여 있다. 바로 이철진과 조상태이다.

SOS

"삼도 물산 남대식 회장이 우리에게 도움을 요청해 왔소."

원래도 저음인 이철진의 목소리가 오늘따라 더욱 가라앉은 느낌이다. 김강한과 쌍피를 따로 부른 자리에서 꺼낸 얘기다.

"그쪽과 계속 거래관계에 있는 겁니까?"

김강한의 물음에 마뜩하지 않다는 느낌이 묻어난다. 그런 데 대해 이철진이 담담하게 웃으며 받는다.

"딱히 거래관계라고 할 건 없겠고, 그냥 서로 필요에 의해 관계를 아예 끊지는 않고 있다는 정도로 해둡시다. 알다시피 얼마 전에는 우리가 그들을 가볍게나마 활용한 바도 있지 않소?"

"기브 앤 테이크, 뭐 그런 겁니까? 지난번에 그쪽에서 힘을 좀 써줬으니 이번에는 우리 쪽에서 갚을 차례다?"

이철진이 가만히 웃음기를 거두며 말을 받는다.

"남대식 회장은 나름 자존심이 센 양반이오. 그런데 도움을 요청한다기보다 사실상 SOS를 보낸 것을 보면 아마도 상당히 급박한 상황에 처해 있는 모양이오."

어떤 의미로 받아들일지는

"어쨌거나 기껏 조폭들 간의 일일 뿐인데, 우리가 굳이 개입할 필요가 있을까요?"

김강한의 물음에 이철진이 담담히 시선을 맞추며 답한다.

"나는 그럴 필요가 있다는 생각이오."

김강한의 미간이 슬며시 좁혀진다.

"조폭들끼리 전쟁을 벌이건 말건, 또 어느 쪽이 살아남고 어느 쪽이 사라지건 결국은 그놈이 그놈일 것 아닙니까? 그런 진흙탕 싸움에 우리가 끼어들 필요가 도대체 뭐가 있다는 겁니까?"

이철진이 잠시 틈을 두었다가 문득 가볍게 미소를 떠올리며 묻는다.

"전에 내가 필요악에 대해 얘기한 것 기억하시오?"

"뭐, 대충은요."

김강한이 짐짓 시큰둥한 투로 반응한다.

"필요악! 없는 것이 바람직하지만 어쩔 수 없이 필요한 일, 이를테면 세상을 이롭게 하기는 어려워도 세상을 해롭게 하는 자들을 막는 게 상대적으로 쉽다면? 그렇게 함으로써 결국은 세상을 이롭게 하는 결과가 된다면? 그런 일도 일종의 필요악 같은 것으로 생각한다고 말했소. 그리고 그런 필요악은 법과 상식으로 제약되는 부분이 많겠기에 보통의 사람들로는 감히 할 수 없는 일이니 우리가 그 필요악의 역할을 해볼 의미를 생각해 볼 수 있겠다는 말도 했소. 그리고 그런 내 생각에 대해서는 적어도 큰 틀에서의 공감은 이루었다고 믿었는데, 아니오? 그저 나 혼자만의 생각이었던 거요?"

이철진의 물음이 사뭇 진지하고도 무겁다. 그런 때문에라도 김강한이 일단은 고개를 가로젓는다. 물론 그 고갯짓을 어떤 의미로 받아들일지는 어디까지나 이철진의 몫이다. '아니오?'라고 물은 데 대해 '아니다'라고 답한 의미로 받아들일지, 반대로 '아닌 게 아니다'라고 답한 의미로 받아들일지.

개입해야 할 필요성

"앞서 재단의 시범 과제를 수행하는 과정에서의 삼도 물산 측의 지원은 비록 큰 소용이 되었다고 하기는 어렵더라도 제법 유용한 수단쯤은 되었다고 생각하오. 그리고 이제부터 우리 재단이 본격적으로 여러 형태의 활동을 펴나가는 데 있어서도 그와 유사한 형태의 수단들이 더욱 유용할 수 있으니, 따라서 우리 입장에서는 그런 수단들을 계속 확보해 두고 있을 필요가 있다는 생각이오."

담담한 투로 얘기를 해나가던 이철진이 잠시 틈을 두었다가 다시 말을 이어낸다.

"그런데 3대 메이저 조폭 조직들이 서로 균형을 이루고 있다가 갑자기 통합이 되어 거대화가 된다면? 더욱이 그 배후에 권력까지 자리를 잡게 되면? 그때는 우리가 그들을 활용할 여지가 거의 없어진다고 봐야 할 테니 그것이 바로 우리가 이 사태에 개입해야 할 우선적인 필요성이라고 할 것이오."

그 대목에서 이철진이 다시 말을 끊고는 김강한과 잠시 시선을 맞춘다. 그러곤 다시 천천한 투로 말을 계속해 나간다.

"우리가 이 사태에 개입해야 필요성은 또 있소. 사실은 필요성이라기보다는 솔직히 내 욕심에 가까운 것이지만, 어쨌거나 어떤 배후 권력에 의해 3대 메이저 조폭 조직이 통합되는 것을 막고 본래대로 그들 메이저 조직들이 서로 견제하며 균형을 이루는 체제로 되돌리되, 그 과정에서 아예 그들 모두를 간접적으로 우리의 통제권하에 두자는 것이오. 그럼으로써 향후 우리 재단이 활용할 수단으로서의 그 효용성을 극대화시켜 두면 좋겠다는 욕심이오. 음, 또한 솔직히는 지금의 이런 상황을 우리가 주도하여 만들려고 할 경우에는 굉장한 리스크와 부담이 수반될 텐데, 우연이랄지 행운이랄지 이런 기회가 저절로 주어졌으니 우리로서는 굳이 개입하지 않을 이유가 조금도 없다는 생각이기도 하오."

김강한은 이철진의 눈 속에서 반짝이는 빛을 본다. 그런 반짝임은 이철진이 휠체어 신세를 지게 된 뒤로 처음 보이는 것이다.

그런 욕심과는 다른 욕심

"당신에게 서해 개발의 진짜 대표가 되어볼 생각이 있다면 기꺼이 당신에게 전권을 넘길 용의도 있소."

그때 이철진은 그렇게 제안을 했다. 당시에 김강한은 미처 몰랐다. 그 제안의 진정성과 또 그 전권이란 것에 어떤 대단한 의미가 포함되어 있는지에 대해. 그는 한참 나중에야 알게 되었다. 이철진이 평생 모은 거액의 재산이 모두 서해 개발의 명의로 되어 있고, 그 처분에 대한 재량 권한이 오롯이 서해 개발의 대표에게 귀속되어 있다는 사실을.

물론 규정상이나 법적으로 그렇다고 하더라도 실상은 이철진이 따로 유용할 방법을 따로 마련해 두었는지는 모를 일이다. 그러나 어쨌든 그가 대표이사 직함을 맡고 난 다음에 이철진은 단 한 번도, 또 아무리 사소한 부분이라도 재무와 회계에 관한 한에는 자신의 재량으로 일을 처리한 적이 없다. 형식상일지라도 반드시 대표인 그의 결재를 득했다. 서해 개발의 모든 자산을 이룸 재단으로 귀속시킬 때조차도 그 최종 결재를 그가 하도록 하였고, 이후 그에게 재단의 공동 이사를 맡아야 한다고 고집스레 주장한 것도 같은 맥락에서이리라.

이철진은 어떻게 그럴 수 있었을까? 사실 그는 이철진을 파멸시킨 장본이라고 해야 할 텐데, 이철진은 어떻게 그런 결정을 하고 또 그런 일들을 할 수 있었을까? 그 자신은 최근에 와서야 이철진을 소중한 사람으로 완전히 인정할 수 있었는데, 이철진은 어떻게 그에 대해 처음부터 그렇게 할 수 있었을까?

그런데 그렇게 이미 자신의 모든 것을 다 내려놓은 이철진이 이제 와서 다시 자신의 욕심을 얘기하고 있다. 물론 그 욕심은 과거에 그가 부린 욕심, 욕망이라 할 그런 욕심과는 확연히 다른 욕심이리라.

그런 쪽의 능력이 필요한 일에 대해서는

'배후의 권력에 의해 3대 메이저 조폭 조직이 통합되는 것을 막고 본래대로 그들 메이저 조직들이 서로 견제하며 균형을 이루는 체제로 되돌리되 그 과정에서 그들 모두를 간접적으로 우리의 통제권하에 두자는 것이고, 그럼으로써 향후 우리 재단이 활용할 수단으로서의 그 효용성을 극대화시켜 두면 좋겠다는 욕심.'

물론 김강한에게 그런 욕심 따윈 없다. 그러나 그가 소중하게 생각하는 사람들, 이철진과 진초희가 사뭇 원대한 포부를 가지고 열정적으로 추진하고 있는 일이다. 그런 만큼 그가 적극적이고 주도적으로 되기까지는 못하더라도 수월하게 수긍하는 정도는 해줄 수 있을 것이다.

그리고 사실 기왕부터도 인정하고 있는 바이기도 하다. 냉철한 판단력과 동물적인 직감력, 그리고 노회한 계산과 술수. 그런 쪽에서는 이철진이 그보다 월등히 앞서 있다는 것에 대해. 그러니만큼 그런 쪽의 능력이 필요한 일에 대해서는 그저 이철진이 하겠다는 대로 따라가면 될 일이다.

지금 고문이 대표한테 일을 시키겠다는 겁니까?

"우리가 이 사태에 개입해야 할 필요성을 한 가지 더 찾으라고 한다면 그건 나카야마카이와 관련해서요."

이철진의 그 말에 대해서는 김강한이 언뜻 의아해지지만, 이미 작정을 한 바에야 굳이 끼어들 것까지는 없을 터다. 이철진이 말을 보탠다.

"즉 국제파를 통제할 수 있게 된다면 그들과 협력관계에 있는 나카야마카이의 동향을 한결 용이하게 파악할 수 있고, 나아가 어느 정도의 선제적 견제까지도 가능해질 것이라는 기대를 해보는 것이오."

김강한이 이번에도 여지없이 수긍할 수밖에 없다. 나카야마카이의 위협은 여전히 존재하고, 앞으로도 그럴 것 같으니 말이다.

"그래서요? 개입을 한다면 뭘 어떤 식으로 하겠다는 겁니까?"

김강한이 불쑥 뱉는 말에 이철진의 입가에 희미한 웃음기가 맺힌다.

"조 대표가 우선 맡아줘야 할 일이 좀 있소."

김강한이 짐짓 시큰둥하니 받는다.

"지금 고문이 대표한테 일을 시키겠다는 겁니까?"

이철진이 웃음기를 짙게 만든다.

"나야 언제나 조 대표에게 지시 받기를 기다리고 있지만, 조 대표가 도통 그럴 생각이 없어 보이니……."

"아, 됐습니다!"

김강한이 간단히 말을 끊고는 다시 정색을 하며 묻는다.

"제가 할 일이란 게 뭡니까?"

어디까지나 일로 하는 것이니만큼

김강한이 우선 맡아줘야 할 일이 있다고 했으면서도 이철진이 딱 부러지게 말을 하지는 않는다. 자신의 입으로 설명하는 것보다 직접 가보면 아주 실감 나게 알게 될 거란다. 그러면서 또 무슨 추리 게임이라도 하는 듯이 슬쩍 팁을 던진다.

"조 대표 좋아하는 술도 마실 수 있고 또 게임도 즐길 수 있는 곳이오. 물론 어디까지나 일로 하는 것이니만큼 비용은 재단 경비로 처리하면 되고."

그런 데는 김강한이 어째 좀 신경에 거슬린다.

"저 그렇게 술 좋아하는 사람 아닙니다. 게임도 그렇고요."

그러나 이철진은 그저 가볍게 실소로 받고 마는 기색이다. 하긴 그럴 법도 하다. 게임은 둘째로 치더라도 김강한이 술이 세다는 건, 그것도 엄청나게 세다는 건 지난번 플라밍고에

서의 에피소드를 통해 알 만한 사람들에게는 이미 다 소문이
쫙 퍼진 바이니 말이다.

카지노 술집

　김강한은 쌍피와 함께 강남의 번화가에 있는 한 술집으로
들어서고 있다. 이철진이 가보라고 한 곳이다. 일명 카지노 술
집이라는데, 술도 마시면서 카지노처럼 카드 게임도 할 수 있
는 그런 곳이란다.
　입구에서부터 입장료를 내라고 한다. 인당 만 원씩의 입장
료를 내면 만 원어치의 칩을 내준단다. 더하여 자리에 앉으면
술도 한 잔 나오고.
　안으로 들어서니 제법 넓은 실내 공간인데, 통로의 가장자
리마다 게임 테이블이 놓여 있고 딜러를 중심으로 사람들이
오밀조밀 둘러앉아서 게임을 하고 있다.
　일단 자리를 잡고 앉자 과연 술이 한 잔씩 나온다. 그런데
안주가 없다. 따로 시켜야 한단다. 대충 시키자 안주와 함께
다시 칩이 따라 나온다. 칩만 따로 살 수는 없고 술이나 안주
를 시키면 그 가격만큼의 칩이 따라 나온단다.
　그런데 술을 한 잔 하면서 한동안 시간을 죽이고 있는데도
아무런 일도 일어나지 않는다.

"직접 가보면 아주 실감 나게 알게 될 것."

이철진이 그렇게 말했으니만큼 누군가 그들을 알아보는 사람이라도 있어야 하는 것 아닌가? 눈치를 보니 쌍피도 도통 모르기는 마찬가지인 것 같다.

죽으라면 죽을 거야?

"게임 한번 하시죠?"

쌍피가 불쑥 말을 꺼낸다. 뚱딴지같은 소리다.

"무슨 소리야? 뭐가 어떻게 돌아가는지도 모르는 판에 게임은 무슨 게임?"

김강한의 목소리에 가벼운 짜증이 달라붙는다.

"고문님이 게임을 해보라고 하시지 않았습니까?"

쌍피의 반문이 무심하다. 그에 대해 김강한이 이윽고는 짜증이 확 커지고 만다.

"그럼 이 고문이 죽으라면 죽을 거야?"

그런데 뱉고 나니 설핏 이상하다. 쌍피 이 별종의 인간은 이철진이 죽으라고 하면 정말로 죽을 인간이 아닌가? 김강한이 이어서 문득 궁금해진다.

'내가 죽으라고 하면? 한번 해볼까? 그런데… 그러다 정말로 죽어버리면?'

짧은 순간 그야말로 가볍기 짝이 없는 생각의 유희 끝에 김강한이 피식 실소를 뱉으며 고개를 끄덕인다. 수긍이다. 아니, 차라리 수용이다. 어차피 무슨 생각이나 작정이 있는 것도 아닌 터에 본래 과묵한 쌍피가 이런 정도로 말을 했으면 그냥 한번 따라주면 될 일인 것이다.

블랙잭? 바카라? 포커?

게임 테이블마다 끼어들 자리가 없는 중에 가장 안쪽의 테이블에 자리가 있다. 아니, 그 테이블에는 자리가 있는 정도가 아니라 딜러 혼자 덩그러니 서 있을 뿐 게임하는 사람이 아무도 없다. 설핏 의아하지만 김강한은 일단 그리로 가보기로 한다.

머리가 희끗희끗한 딜러는 김강한과 쌍피가 자신의 게임 테이블 앞에 와서 앉는데도 아무 말이 없다. 심지어 표정마저 여전히 무표정인 채로 곧장 카드를 섞기 시작한다.

차륵!

차르르륵!

화려한 손놀림이다. 아주 카드가 손에 붙어서 늘어났다 줄어들었다 하며 춤을 춘다. 처음에는 두 손으로 카드를 놀리더니 나중에는 아예 한 손으로 묘기를 보인다. 영화에서나 볼 법한 광경을 바로 눈앞에서 직접 보니 마치 마술 쇼를 보는 것 같다.

탁!

잠시 재주를 부린 끝에 가지런히 정돈된 카드 뭉치를 테이블 위에 놓은 딜러가 그제야 시선을 맞춰온다.

"어떤 종류로 하시겠습니까? 블랙잭? 바카라? 포커?"

목소리에서조차 감정이라든지 특색이랄 게 없이 그저 덤덤하다. 어쨌든 딜러가 그렇게 물어오는 데 대해서는 김강한이 문득 대답이 궁해진다. 블랙잭이니 바카라니 하는 건 아예 모르는 게임이고, 그러다 보니 포커도 과연 그가 아는 그 포커일까 하는 의구심이 드는 까닭이다.

기분 나쁘지 않을 만큼의 익살

"근데 다른 테이블엔 손님들로 북적대는데 왜 이 테이블에만 손님이 없습니까?"

처음부터 게임에 흥미가 있던 것도 아니었으니 김강한이 슬쩍 딴청을 피운다.

"여긴 판이 크기 때문입니다. 그것도 꽤."

딜러가 여전히 무표정인 채로 대답하면서 자신 앞에 놓여 있는 칩 중에서 세 개를 집어서 건넨다.

김강한이 받아서 보니 그가 입구에서 받은 칩과는 색깔부터가 각각 다 다르다. 그리고 칩에 적힌 액면가 또한 다르다.

100,000!

1,000,000!

5,000,000!

고액이다. 김강한이 피식 올라오는 실소를 굳이 참지 않고 뱉는다.

"후훗! 지금 이 칩들로 진짜 도박이라도 한다는 겁니까? 여기가 무슨 카지노도 아니고, 술 한잔하면서 그냥 재미로 게임하는 거 아닙니까?"

"글쎄요."

딜러가 말끝을 흐리며 희미하게 웃는다. 처음으로 짓는 표정이다. 이어 그가 천천히 말을 잇는다.

"게임을 하지만 칩을 환전해 주지는 않으니 도박이 아니라고 합니다. 법적으로도 문제 될 게 없다고 하고요. 그러나 게임을 해서 가진 칩을 다 잃으면 술과 안주를 더 시켜야 다시 칩을 받을 수가 있으니 사실상 돈으로 칩을 사는 것과 마찬가집니다. 즉 칩을 통해 재산상의 이득을 취한다는 점에서는 결국 도박을 하는 거라고 할 수 있습니다."

"도박을 하는 거다? 그럼 경찰에 신고하면 불법도박으로 걸리겠네요? 근데… 지금 여기 딜러로 일하면서 그렇게 말해도 되는 겁니까?"

"신고하시면 손님도 함께 불법도박 혐의로 처벌받게 됩니다."

딜러가 말하고는 사뭇 묘한 느낌으로 웃음기를 짙게 만들며 덧붙인다.

"그리고 설마 팀장님께서 팀원을 신고하실 리는 없지 않겠습니까?"

갑작스러운 말에 김강한이 설핏 미간을 모으며 반문한다.

"팀장이라뇨? 누가요? 제가요?"

딜러가 웃음기를 지우지 않으며 고개를 끄덕인다.

"물론입니다. 그리고 저는 팀원입니다."

"허! 그게 도대체 무슨 얘깁니까?"

"그렇게 하기로 계약이 되었고 전 이미 보수를 받았습니다."

"계약이요? 누구하고 말입니까?"

김강한이 묻지만 이런 즈음에야 대강의 사정이 짐작되지 않을 리 없다.

"이철진 고문님입니다."

딜러의 대답이 역시다. 김강한이 짐짓 어이없어하며 힐끗 쌍피를 돌아본다.

"당신은 알고 있었어?"

괜한 힐난에 쌍피가 무표정하게 고개를 가로젓는다. 김강한은 어쩔 수 없이 실소를 머금고 만다. 그러나 군이 이런 상황을 만든 이철진의 의도를 짐작할 듯도 하다. 기분 나쁘지 않을 만큼의 익살. 그것으로 자연스럽게 흥미를 가지게 하려는 가벼운 안배쯤?

타짜로서의 직감

케이.

딜러는 자신을 케이라고 소개했다. 그것이 영문자 K인지, 혹은 다른 뜻이 있는지는 김강한이 굳이 묻지 않는다. 그리고 또한 굳이 묻지 않아도 케이는 스스로에 대한 간단한 소개와 어떻게 된 사정인지에 대해 간단한 설명을 해준다.

케이는 과거 한때 전국을 돌며 타짜로 일한 적이 있다. 그러나 오래전에 그 바닥을 은퇴하고 지금은 한적한 시골에 묻혀 조용히 살고 있는 중이다. 그런데 어떻게 알았는지 이철진이 그에게 연락을 취해왔고, 한 가지 제안을 했다. 굉장히 위험하면서도 그가 다시는 하지 않으리라 맹세한 일과 관련된 제안이다.

마땅히 거절해야 했겠지만 케이는 거절하지 못했다. 단적으로 말해서 대가로 제시된 보수가 결코 작지 않아서다. 이것이 마지막 기회라는 생각이 들었다. 자신의 유일하다시피 한 재주를 이용해 목돈을 벌 수 있는.

케이에게도 가족이 있다. 젊은 날 도박판을 전전하느라 제대로 돌보지 못한 자식들이다. 그들이 잘 풀리지 못하고 어려운 형편으로 전전긍긍하며 사는 게 다 자신이 아버지 노릇을 제대로 못 한 때문인 것 같아 늘 자책하며 살던 중이다. 그런 터에 그에게 제시된 그 돈이라면 아이들에게 생계를 꾸려갈 작은 가게라도 하나씩 차려줄 수 있을 것이다. 그리하여 자식들이 가난에 쪼들리며 살지 않아도 된다면 그것으로 늦게나마 한 번쯤 아비 노릇을 한 셈이 될 터이다.

그리고 결정적으로 케이의 결심을 굳히게 한 것은 타짜로서의 직감 때문이다. 대단히 위험한 일이지만, 그러나 왠지 그 제안이 성공할 것만 같은 강한 직감.

스무고개처럼

김강한은 케이의 얘기에 더해 대강의 상상이 그려진다. 이철진이 직접 나서서 끌어들였다는 것만으로도 케이는 나름 대단한 인물일 것이다. 적어도 그 방면에서는. 케이 스스로가 자신을 소개한 것보다 훨씬 더 대단한. 그런 만큼 그 보수도 대단할 것이고.

그러나 김강한은 여전히 모르고 있다. 케이가 제안받았다는 일에 대해. 물론 케이에게 자세한 얘기를 하라고 하거나, 혹은 이제쯤에는 곧바로 이철진에게 전화를 해서 물어봐도 될 일이다. 그러나 그러기는 또 싫다.

어차피 저절로 알게 될 일이다.

그렇다면 그냥 이철진이 안배한 대로 끌려가면서 차츰 내

막을 알아가는 것도 괜찮겠다는 생각이다. 무슨 스무고개처럼 말이다. 그리고 이철진이 처음이다시피 부린 익살을 이쯤에서 끝내 버리기에는 아쉬운 마음도 든다.

진짜 도박장에서 하는 진짜 카드 게임

케이가 말한 소위 팀의 구성원은 단 세 명이다. 팀장에 김강한, 그리고 케이와 쌍피를 팀원으로 하는.

그러나 아직까지는 김강한과 쌍피가 전체적인 맥락을 잡지 못하고 있는 탓에 자연스럽게 케이가 주도해 나가는 모양새다.

"당장에 시급한 건 카드 게임에 대한 교육입니다."

케이의 그 말에 대해서 김강한이 눈을 조금 더 크게 뜨는 것으로 추가적인 설명을 요구한다.

"물론 교육을 받는다고 해서 단시간 내에 카드 게임의 고수가 된다거나 하는 건 아닙니다. 그런 건 불가능한 얘기죠. 다만 그래도 판이 어떻게 돌아가는지 정도는 알아야 하기에 게임 방법을 포함한 기초적인 상식 정도에 대해 교육을 할 겁니다."

그제야 김강한이 가볍게 질문을 던진다.

"그러니까 어쨌든 우리가 교육을 받아야 한다는 건데, 왜 그래야 한다는 겁니까?"

"우리 팀이 해야 할 일이 카드 게임이기 때문입니다. 진짜 도박장에서 하는 진짜 카드 게임. 그것도 엄청나게 큰 게임을 하게 될 수도 있습니다."

김강한이 이윽고는 뜨악해지고 마는데, 그런 모습에 케이가 희미한 미소를 떠올렸다가는 이내 지운다.

블랙잭과 바카라

"요즘 가장 인기가 높은 게임은 아무래도 블랙잭과 바카라입니다."

케이가 현란한 손놀림으로 카드를 펼치고 거두면서 블랙잭의 방법과 규칙을 설명한다. 그런 중간중간 김강한과 쌍피의 이해도를 살피듯이 시선을 주는데, 그때마다 김강한은 건성으로 고개를 끄덕인다. 그리고 그런 김강한을 따라 하듯이 쌍피가 또한 무심한 표정으로 미미하게 고개를 까딱거린다.

케이의 설명과 시연은 다시 바카라로 넘어간다. 그러나 김강한은 이제 완전히 흥미를 잃고 있는 중이다. 블랙잭이니 바카라니 하는 것들이 크게 어렵거나 복잡한 게임은 아닌 것 같다. 그러나 뭔가 새로운 규칙을 익혀야 한다는 것만으로도 그는 사뭇 못마땅하고 짜증스럽기까지 하다. 그렇게 그가 케이의 교육에서 관심이 멀어진 눈치를 채기라도 한 걸까? 쌍피가 또한 멀뚱한 모습으로 시선을 먼 허공에다 두고 있는 모습이다.

두 사람이 그러고 있는데도 케이는 덤덤하니 제 할 노릇만 계속하고 있다. 그런 그는 이미 반쯤, 아니, 완전히 체념한 듯한 모양새다.

포커

"마지막으로 포커 게임입니다!"

케이의 말에 김강한은 설핏 그에게로 관심을 되돌린다. 마지막이란 단어 때문이라기보다는 포커라는 말에 대해서다. 문득 가슴이 아린다. 그의 형이 포커 게임을 좋아했다. 그래서 명절날 가족들이 모일 때면 다 같이 고스톱을 치다가 나중엔 둘이서 포커 게임을 하곤 했다.

"포커에도 여러 종류가 있는데, 요즘 성행하고 있는 건 텍사스 홀덤 포커입니다. 이 게임은 흔히 오리지널 포커, 또는 정통 포커라고 하는 세븐 카드 스터드 포커에 비해 많은 수가 한꺼번에 게임을 즐길 수 있습니다. 그러나 상대적으로 도박성은 약하다고 할 수 있어서 소위 큰 판에서는 여전히 세븐 카드 스터드 방식을 선호합니다."

케이의 설명이 이어지고 있지만, 김강한은 아픈 추억 속에서 좀처럼 헤어나지 못하고 있다. 그런 중에,

"팀장께선 어느 방식이 마음에 드십니까?"

불쑥 물어오는 소리에 그가 퍼뜩 정신을 추스른다. 케이가

담담한 표정으로 그를 보고 있다. 그가 가볍게 머리를 흔들어 정신을 추스르며 흘깃 옆을 보니 쌍피는 여전히 멀뚱하니 엉뚱한 허공에다 시선을 주고 있다. 아마도 그 또한 어떤 기억 속을 노닐고 있는 것이리라.

"글쎄요. 어느 쪽이 마음에 든다기보다는… 그 정통 포커라는 쪽에 조금 더 끌리기는 하네요."

김강한의 대답에 케이가 엷게 웃으며 고개를 끄덕인다.

"저도 그렇습니다. 세븐 카드 스터드 쪽이 매력이 있습니다. 텍사스 홀덤은 너무 오픈 카드가 많아서 쪼는 맛이 영 덜하거든요."

케이가 잠시 웃음을 짙게 만들다가는 거두며 덧붙인다.

"자, 그럼 이제 설명은 다 끝났으니 실습을 한번 해보실까요? 먼저 포커로."

운이 좋은 것과는 또 다르다

케이는 팀장과 포커 게임을 하고 있다. 처음부터 전혀 의욕이 없어 보이던 다른 팀원 하나는 사뭇 노골적이다시피 실습을 거부해서 아예 열외를 시켜놓았다. 게임 방식은 팀장도 조금 더 끌린다고 한 세븐 카드 스터드다.

실습이니만큼 본래는 다른 종류의 게임으로 벌써 넘어가야 했겠으나, 그들은 계속해서 세븐 카드 스터드 게임만 하고 있다. 그런데 판이 점차로 묘하게 돌아가면서 이윽고 케이의 얼굴에 당황스럽다는 기색이 서린다. 소위 포커페이스에 능한 그로서는 아주 드문 일이다.

팀장 앞에 수북이 칩이 쌓여 있다. 참으로 놀라운 승률이다. 처음 몇 번은 그저 팀장의 운이 좋은 정도로 여겼다. 원래 어떤 도박이던지 간에 초심자들의 운이 좋은 경향이 있으니까.

그런데 그게 아니다. 이건 운이 좋아도 너무 좋다. 아니, 운이 좋은 것과는 또 다르다. 단순히 운이라기에는 폴드(fold)와 레이즈(raise)의 판단이 놀라울 정도로 정확하다. 질 패에서는 여지없이 폴드를 하고, 이길 패에서는 또 정확하게 레이즈를 하고 있다.

뭔가가 있다

케이는 마지막 일곱 번째 히든카드를 분배한다. 그리고 자신의 카드를 확인해 보지도 않고 그의 앞에 남은 모든 칩을 앞으로 밀어놓는다.

"올인!"

팀장이 싱긋 웃는다. 그리고 별 심각한 기색도 없이,

"콜!"

하고 받는다. 케이는 가만히 미간을 좁힌다. 그리고 팀장의 눈에서 시선을 떼지 않으며 천천히 자신의 패를 오픈한다.

"나인 원페어."

팀장이 역시나 별 심각한 기색도 없이 들고 있던 카드를 오픈한다. 순간 케이는 어쩔 수 없이 쓴웃음을 짓고 만다. 제이 원페어다. 겨우 제이 원페어로 그의 올인에 대해 그처럼이나 덤덤하게 콜을 했단 말인가?

'설마 패를 읽는단 말인가?'

그런 생각까지 든다. 그러나 그럴 리는 없다. 카드는 그가 직접 준비한 것이니 무슨 문제가 있을 여지는 없다. 더욱이 딜러 역할은 계속 그가 했고, 팀장은 자신에게 배부된 카드 외에는 손도 대지 않았다.

설령 어떤 여지가 있다고 해도, 혹은 팀장이 사실은 타짜라고 해도 감히 그를 상대로 해서 장난을 칠 수는 없다. 그가 비록 인생의 실패자일지라도 누구도 그의 눈을 속일 수 없다는 점은 확실하게 자신할 수 있다. 더욱이 팀장은 놀랍다 못해 이해할 수 없는 승률에도 불구하고 베팅 전략을 포함해서 전반적으로 게임을 운영하는 데 있어서는 미숙한 점투성이다. 의심할 여지가 없는, 그야말로 확실한 초짜다.

팀장이 칩 더미를 자신의 앞으로 쓸어 가는 것을 보면서 케이는 차라리 담담해진다. 이 정도면 인정하지 않을 수 없다. 팀장에게 뭔가가 있다는 것을. 그 '뭔가'가 무엇인지 그로서는 여전히 짐작조차 하지 못하는 것이지만.

영업비밀

"어떻게 된 겁니까?"

케이와 헤어져 카지노 술집을 나서면서 쌍피가 묻는다.

"뭐가?"

김강한이 짐짓 딴청이다.

"제가 봐도 많이 이상하긴 하던데요?"

"글쎄, 이상하긴 뭐가 이상하다는 거야? 그리고 그런 건 묻는 게 아냐."

"……?"

"영업비밀이라고. 누구한테도 말할 수 없는 비밀."

쌍피가 입을 꾹 다물고 만다.

작전 변경

"케이가 말하기를, 자신으로서는 도저히 이해할 수 없는 일이라고 합디다."

이철진이 케이의 보고를 받은 모양인데, 그로서도 미처 상상하지 못한 반전인 듯 사뭇 들뜬 것처럼 유쾌해하는 모습으로 말을 잇는다.

"어쨌거나 독보적인 실력이어서 그 정도면 아예 선수로 나서도 웬만한 도박장쯤은 문을 닫게 만들 수 있을 거라고도 합디다. 허허허!"

이철진이 웃는 소리에서 김강한이 이제쯤에는 짐작할 만하다. 이철진의 머릿속에서 또 무슨 계산이 분주히 돌아가고 있다는 것을.

"완전 초짜에게 그냥 운이 좀 따랐던 것뿐인데 과장을 너무심하게 한 것 같네요."

김강한이 지레 한 발을 빼놓는다. 그러나 이철진은 미소를지우지 않는다.

"난 내가 신뢰하는 사람의 말은 백 퍼센트 믿습니다. 그리고케이는 다른 건 몰라도 그런 쪽에 관한 한은 내가 무조건 신뢰할 수 있는 사람이니 케이가 조 대표에 대해 탄복할 정도로 인정했다면 나도 믿을 수밖에요. 흠, 그래서 말인데⋯ 이런 큰 변수가 생겼으니만큼 우리도 작전을 좀 변경하는 게 좋을 것 같소."

이철진의 그 말은 김강한을 사뭇 불편하게 만드는 데가 있다. 이철진이 구상하고 있는 처음의 작전이 무엇인지에 대해서는 그가 여태까지도 굳이 묻지 않고 있는 중이다. 그렇지만 지금 이철진의 머릿속에서 돌아가고 있는 계산에서는 분명 그가맡아야 할 역할의 비중이 커지는 쪽으로 변경되는 분위기다.

안투카배

케이와 포커 게임을 할 때 김강한이 자연스레 집중하며 카드를 주시하다 보니 어느 순간부터 카드의 뒤집어진 밑면이 어렴풋하게 비치는 느낌이 들었다.

처음엔 그저 착각이려니 했다. 그런데 그게 아니다. 게임을 거듭하면서 그의 '착각'이 상당한 정확도로 맞아 들어가는 게 아닌가? 그리하여 그는 더욱 집중을 하게 되었고, 이윽고는 거의 정확하게 카드의 뒷면을 읽을 수 있게 된 것이다.

안투지배(眼透紙背)란 말이 있다. 눈 안(眼), 통과할 투(透), 종이 지(紙), 등 배(背), 즉 눈빛이 종이의 뒷면까지 꿰뚫는다는 얘긴데, 책을 정독하여 그 내용의 참뜻을 깨닫는다는 뜻이다.

그런데 지금 그의 경우는 종이가 아니고 카드의 뒷면을 투시하는 것이니 글자 그대로 하자면 '안투카배'라고 해야 할까?

다만 그것이 단순히 내공의 힘인지, 아니면 금강부동공의 공능으로부터 파생된 또 다른 어떤 능력인지는 그로서도 알 수 없는 노릇이다.

심층 강의

"흔히 운칠기삼(運七技三)이라고 합니다. 즉 도박판에서는 운이 칠이요, 기술이 삼이라는 뜻입니다."

케이의 말에 김강한이 가볍게 고개를 주억거린다. 도박판이라고 할 만한 데를 가본 적은 없지만, 어디선가 들어본 적은 있는 말이다. 케이가 엷게 미소를 떠올리며 말을 잇는다.

"그게 괜한 말은 결코 아닙니다. 타짜라고 하면 으레 교묘한 속임수를 쓰는 걸로 생각하지만, 사실 진짜 고수들끼리 붙을 때는 감히 장난칠 엄두를 내지 못합니다. 그야말로 진짜 실력으로 맞붙어야 하는데, 그 실력의 칠 할이 운입니다. 아무리 고수라도 패가 들어오지 않으면 별다른 수를 내기가 어렵습니다. 그런데 운도 실력이라고 하는 것은 운이 내게 돌아올 때까지 끈질기게 기다리고 버틸 수 있어야 한다는 것입니다. 그리고 한 번의 운이 돌아왔을 때 큰 승부를 낼 줄 알아야 한다는 뜻입니다."

김강한은 가볍게 고개를 흔든다. 모든 강의는 지루하게 마련이라고 했던가? 슬슬 지루해지기 시작한다. 케이는 그에게 게임의 운영 기술에 대한 심층 강의를 하고 있는 중이다.

"사실 운보다 더 중요한 것은 심리전입니다. 상대의 심리는 읽고 내 속은 감출 줄 알아야 합니다. 나아가 상대를 기만하는 고도의 심리전도 펼칠 줄 알아야 합니다. 그리하여 진정한 고수는 낮은 끗발로 높은 끗발을 이길 수도 있는 것입니다. 물론 아무리 고수라도 항상 이길 수는 없으니 그래서 게임 운영의 묘가 필요한 겁니다. 즉 지는 판에서는 작게 잃고 이기는 판에서는 최대한 크게 따는 겁니다. 그러나 내가 아무리 좋은 패를 들고 있어도 상대방이 베팅에 응해주지 않으면 판을 키울 수 없습니다. 상대방에게도 한번 맞붙을 만하다는 자신을 가지게 해주어야 판이 커집니다. 그렇게 키운 한판에서 마지막 승부,

그야말로 자신의 모든 것을 건 일생일대의 승부를 벌이는 것이
야말로 모든 플레이어가 꿈꾸는 최고의 소망일 것입니다."

어쨌든 팀은 팀인 것이다

케이의 강의를 귓등으로 들으며 김강한은 슬며시 웃음이
나오려고 한다. 그가 타짜가 될 것도 아닌데 이런 내용을 다
듣고 있다니 말이다.

문득 얼굴에 경련이 인다. 얼굴 전체를 비틀어대며 하품이
한껏 비어져 나오는 중이다. 그러나 그는 억지로 하품을 다시
안으로 쑤셔 넣는다.

저토록 열성적으로 강의하고 있는 케이에 대한 최소한의 예
의를 지키기 위해.

또한 그를 팀장이라고 부르는 팀원에 대한 최소한의 도리를
지키기 위해.

아무리 급조되었더라도, 또 그의 의사가 전혀 반영되지 않
았더라도 어쨌든 팀은 팀인 것이다.

제7장
—
한판

보드 카페

'더 플레이'

김강한과 쌍피, 그리고 케이가 온 곳은 강남의 한 대형 빌딩에 있는 일명 보드 카페다. 보드게임을 할 수 있는 대규모 카페인데, 사실은 국내 최대 규모의 사설 도박장이다. 물론 불법이다.

미리 들은 얘기로는 경찰 단속의 사각지대란다. 112에 신고가 들어가면 마지못해 경찰이 출동하지만, 도박장이 아니라며 확인도 제대로 하지 않고 돌아간단다.

그리고 왜 단속하지 않느냐고 따지면 현장을 덮쳐도 증거가 나와야 검거할 수 있는데 단속해도 현장에서 현금이 나오지 않기 때문에 입건할 수 없다고 한단다.

어차피 사람들이 현금과 게임 칩을 교환하기 때문에 조금만 찾으면 증거를 찾을 수 있을 텐데도 말이다.

눈에 띄는 행동들

입구로 들어서자 신분증을 확인한다. 카페 들어가는 데 뭔 신분증 확인? 그러나 미리 준비했기에 김강한 등은 이의를 제기하지 않고 순순히 신분증을 제시한다.

칩을 교환하는 곳에서 김강한이 덤덤하게 내미는 수표를 받아 액수를 확인하던 여종업원의 표정이 변한다. 천만 원짜리 수표 다섯 장, 오천만 원이다.

"확인이 필요하니 잠시 기다려 주시겠어요?"

여종업원의 말에 김강한이 싱겁게 웃으며 고개를 끄덕여 준다. 수표 확인에 시간이 좀 걸린다. 이윽고 절차가 끝났는지 여종업원이 다시 묻는다.

"칩은 어떻게 드릴까요?"

그것 역시 미리 생각해 둔 바가 있다.

"오백짜리로 아홉 개, 나머지는 적당히 섞어서."

칩의 최고 액면 단위가 오백만 원이다. 한 무더기의 칩을 내

주면서 힐끗 한 번 더 시선을 주는 여종업원을 뒤로하고 김강한 일행은 안쪽으로 발걸음을 옮긴다. 그런 그들의 등 뒤로 또 다른 시선들이 따라붙는 느낌이다. 당연하리라. 눈에 띄는 행동들을 하고 있으니.

주 종목

상당히 넓어 보이는 실내 공간에 삼십여 개가 넘는 게임 테이블이 설치되어 있고, 테이블마다에는 사람들이 북적거린다. 어림잡아 수백 명에 이르는 숫자라 어디 대형 카지노에라도 들어온 것 같다.

대다수의 테이블에서는 블랙잭과 바카라 게임이 진행되고 있는데, 사이드 베팅을 하려는 이들과 자리가 비기를 기다리는 이들로 테이블 주변까지 사람들이 넘쳐난다. 그야말로 성업이다. 그리고 사람들이 뿜어내고 있는 뜨거운 열기만으로도 그냥 게임이 아닌 도박이란 게 확연하다.

국내에서 내국인이 합법적으로 도박을 할 수 있는 곳은 강원도의 강원랜드뿐이다. 그런데 서울의 강남 한복판에서 이런 대규모의 불법도박장이 버젓이 성업하고 있다는 게 새삼 실감이 나지 않는다.

김강한 일행은 안쪽의 구석진 곳으로 향한다. 그곳에 놓인 서너 개의 테이블에서 포커 게임이 벌어지고 있다. 오늘 플레이어 역할을 맡은 김강한의 주 종목이다. 그가 할 수 있는 종목이 그것뿐이기도 하지만.

십여 명이 게임을 하고 있는 테이블 하나를 점찍어 김강한이 자리를 잡고 앉는다. 역시 텍사스 홀덤 포커 게임이 진행되고 있는 중이다. 잠깐 지켜보고 있자니 불과 3분도 안 돼서 끝나는 게임 한 판에 베팅 한도를 제한하지 않아서 수백만 원 정도의 판돈이 걸린다. 그가 가벼운 손짓으로 딜러에게 참가할 뜻을 표하자 그의 앞으로도 카드가 분배된다.

도박과 도박꾼, 또 도박장에 아주 잘 어울리는

김강한의 앞으로 칩이 산처럼 쌓인다. 게임을 시작한 지 한 시간쯤이나 되었을까? 대략 스무 판 정도를 한 결과이다.

안투카배! 당연히 판을 휩쓸 수밖에 없는 노릇이다. 굳이 심리전을 쓸 것도 없다. 그저 베팅이 작은 판에서는 적당히 폴드하고 이길 수 있는 패가 만들어지면 또 적당히 판을 키워서 먹는 지극히 단순한 전략을 구사하고 있을 뿐이다.

그러다 김강한은 보다 적극적으로 레이즈를 하기 시작한다. 지는 패에서도 막무가내로 베팅액을 키운다. 그가 워낙 승률이 높은 데다 또 도박판에서는 돈이 깡패라고 하지 않던가? 워낙 압도적인 자금력으로 무지막지하게 밀어붙이니 감히 끝까지 콜을 하며 따라붙는 상대가 없다.

결국 같은 테이블에서 게임을 하던 플레이어들이 하나둘 자리를 털고 일어서고, 결국은 잔뜩 긴장한 듯한 기색의 딜러와 김강한만 남는다. 대신 테이블 주변으로는 언제부터인지 구경꾼들만 잔뜩 모여들어 있다. 그들 구경꾼들에게서는 감탄과 부러움, 호기심, 흥미, 그리고 또 심상치 않은 긴장 같은 분위기가 감돌고 있다. 이를테면 '혹시 타짜가 아닐까? 무슨 절묘한 재주를 부리지는 않았을까?' 하는 등등? 하긴 그런 분위기야말로 도박과, 도박꾼, 또 도박장에 아주 잘 어울리는 것일 터이다.

판이 너무 잘아서

　　"이쯤하고 그만 갑시다."
　　김강한이 케이를 돌아보며 툭 던지듯이 뱉는 말이다.
　　"오늘 운도 꽤 괜찮으신 것 같은데, 좀 더 즐기시지 않고요?"
　　케이가 싱긋 웃는 얼굴로 받는다. 김강한이 미간을 찡긋 찌푸리며,
　　"아니, 패는 제법 괜찮게 들어오는 것 같은데……."
　　하고는 앞에 수북이 쌓인 칩 더미의 꼭대기를 툭 건드려 허물어뜨리면서 심드렁한 투로 덧붙인다.
　　"이거 뭐 판이 너무 잘아서 금방 지루해지네요. 그만 일어납시다."
　　"알겠습니다, 대표님."

케이가 대답하고는 이어 딜러에게 칩 담을 가방을 하나 달라고 해서 수북이 쌓인 칩을 가방에 쓸어 담는다. 제법 커다란 가방이 칩으로 꽉 차는 걸 보면서 구경꾼들 사이에서는 새삼스러운 탄성이 새어 나온다.

의심 신고

김강한 일행이 구경꾼들 사이를 헤치며 여유로운 걸음걸이로 게임장 한가운데를 가로질러 나갈 때다. 맞은편으로부터 일단의 무리가 다가서며 앞을 가로막아 선다. 검은색의 양복을 무슨 유니폼이라도 되는 듯이 쫙 빼입은 덩치들인데, 그들 중에서 앞머리가 적당히 벗겨진 중년의 사내 하나가 한 걸음 앞으로 나선다.

"손님들, 잠시 저희들과 같이 가주셔야 되겠습니다."

케이가 마주 나서며 무겁게 묻는다.

"무슨 일이오?"

"보안 팀입니다. 손님들께서 게임을 하시는 중에 부정행위를 했다는 의심 신고가 접수되었습니다."

그런 중에 검은 양복의 덩치들이 김강한 일행의 주위를 아예 둘러싸듯이 하는데, 분위기가 당장에 삼엄해진다.

"지금 운영실에서 CCTV를 분석하고 있는 중인데, 결과가 나올 동안 저희들의 통제에 따라주셔야 합니다."

중년 사내의 그 말에는 케이의 표정에 설핏 날이 선다.

"통제? 당신들이 무슨 자격으로 우릴 통제해?"

심상치 않은 분위기에 게임장 내의 시선이 일제히 집중되는 중에 중년 사내의 단호한 지시가 떨어진다.

"이 손님들, 보안 구역으로 모셔!"

덩치들이 곧바로 거리를 좁혀드는데, 저항하면 당장에 팔이라도 꺾어 강제로 끌고 갈 기세이다.

"당신들, 이게 지금 뭐 하는 짓이야?"

케이가 크게 고함을 친다.

한 판 더 붙기를 바랄 수도 없는 노릇이고

먼저 행동한 것은 쌍피다. 그의 몸이 좁은 공간에서 풍차처럼 회전하며 일시에 사방을 타격한다.

픽!

파파팟!

"윽!"

"크윽!"

타격음과 짧은 비명이 뒤섞이는 중에 덩치들 네다섯이 바닥으로 나가떨어진 것은 한순간이다. 쌍피의 엄청난 무력에 덩치들의 기세가 대번에 꺾이며 주춤주춤 뒤로 물러선다.

쌍피가 굳이 기세를 이어나가지는 않고 조용히 김강한의 옆으로 물러선다. 그런 그에게서는 방금 전까지는 전혀 보이지 않던 폭발적인 고수의 풍모가 여지없이 발산되는 듯하다. 다만 김강한은 사뭇 아쉽다. 오래간만에 쌍피의 실력을 제대로 감상 좀 하려 했더니 너무 간단히 끝나 버린 것이다. 어떻게 한 판 더 붙기를 바랄 수도 없는 노릇이고.

케이 역시도 쌍피의 위용에 크게 놀라고 있는 중이다. 쌍피의 역할이 대충 그런 쪽의, 주먹을 쓰는 일일 것이라 짐작은 하고 있었지만, 이 정도로 엄청난 무용(武勇)일 줄은 미처 몰랐던 것이다. 그러나 감탄만 하고 있을 때는 아니다. 다시 그가 역할을 해야 할 때다.

"여기 책임자 어디 있어? 당장 나오라고 해!"

잔뜩 힘이 실린 케이의 목소리가 게임장 내부를 쩌렁하니 울린다. 그런 중에 검은 양복들의 숫자가 대폭 늘어나면서 이윽고 손님들이 모두 게임을 멈추고 삼삼오오 모여서는 호기심과 흥미, 혹은 불안과 경계가 잔뜩 어린 시선들로 웅성거리며 사태의 추이를 지켜본다.

적절하고도 노련한 대처

"이게 무슨 소란들이야?"

질책을 담은 카랑카랑한 목소리가 울리자 검은 양복의 덩치들이 일제히 뒤로 물러선다. 그 사이를 크지 않은 체구임에도 당당한 걸음걸이로 오고 있는 사람은 깔끔한 차림과 단정한 인상을 지닌 초로(初老)의 신사다.

"어이, 보안 팀장! 무슨 일 처리를 이렇게 하나?"

초로 신사의 이어지는 호통에 보안 팀장, 예의 그 앞머리가 적당히 벗겨진 중년의 사내가 넙죽 허리부터 접는다.

"죄송합니다, 본부장님!"

초로 신사의 눈빛에 설핏 날카로움이 지나간다. 그러나 그는 이내 다시 눈빛을 담담하게 만들며 김강한 일행을 향한다.

"이곳 영업장의 운영을 책임지고 있는 본부장입니다. 저희 업장을 찾아주신 고객님들께 이런 불미스러운 일을 겪게 해 드린 데 대해 죄송하단 말씀부터 드립니다. 이유 여하를 막론하고 정말 죄송합니다."

묵직한 저음이지만 힘이 있는 목소리다. 김강한 일행에게 사과하는 말이지만, 묵직한 저음에 사뭇 힘이 실린 것으로 보아서는 게임장에 있는 모두에게 들으라는 의도가 더 큰 듯하다. 어쨌든 게임장의 분위기가 금세 진정 국면으로 접어드는 것에서는 상당히 적절하고도 노련한 대처라고 할 수 있겠다.

전설로 통하던 사람

초로 신사 본부장이 케이에게로 가까이 다가선다.

"진즉에 완전히 정리하고 떠난 줄 알았더니 아직 이 바닥에

미련이 남았나?"

나직한 소리로 슬쩍 건네는 그 말에 케이가 담담한 웃음기를 떠올리며 받는다.

"나야 뭐 어차피 쪽박을 찼던 터라 정리하고 말고 할 것도 없는 처지이지만, 강 선생은 그래도 이 바닥에서 전설로 통하던 사람인데 이런 데서 다시 보게 될 줄은 몰랐수다."

"허허허! 전설은 무슨, 그저 다 흘러간 옛날얘기일 뿐이지."

본부장 강 선생이 짐짓 쑥스러운 웃음으로 받고는 슬쩍 덧붙여 묻는다.

"내가 여기 있다는 걸 알고 온 건가?"

"후훗! 글쎄올시다."

케이가 또한 가벼운 실소로 받고는 덤덤히 보탠다.

"그런데 본부장이라면 꽤 높은 자리 같기는 한데, 결국 남 밑에서 일하는 월급쟁이인 거요?"

케이의 그 말에서는 상대에 대한 비꼼보다는 약간의 허탈감 같은 것이 묻어난다. 강 선생이 대답하는 대신에 힐끗 김강한 쪽을 눈짓한다.

"제자인가?"

"내 주제에 무슨 제자겠소?"

케이가 차라리 탄식처럼 반문하곤 가볍게 강 선생 쪽으로 몸을 기울이며 목소리를 낮춘다.

"미국에서 큰 사업을 하는 조 대표라는 분이오. 옛날에 나

하고 알고 지내던 모 회장님하고 협력하는 사업이 있어서 잠시 한국에 들어와 계시는 중인데, 평소에 워낙 게임을 즐기신다고 그 회장님이 나더러 잠시 안내해서 바람이나 좀 쐬게 해드리라고 각별히 부탁을 하십디다."

케이가 짐짓 가볍게 인상을 한번 쓰곤 다시 잇는다.

"그런데 멀리까지 갈 건 아니고, 그렇다고 호텔 카지노 같은데 가봤자 또 빤하겠고, 그래서 차라리 이런 곳이 더 흥미로울 수 있겠다 싶어서 모시고 왔는데… 조금 노시더니 판이 잘아서 영 재미가 없다고 하셔서 그만 나가려는 참에 느닷없이 보안 팀인지 뭔지 하는 저 친구들이 우르르 몰려와서는 우리를 무슨 삼류 타짜쯤으로 취급하지를 않겠소? 나 참! 하여튼 덕분에 체면 한번 아주 제대로 구겼시다."

충분히 흥미를 가지실 만큼 얼마든지

"저희 직원들이 저지른 무례에 대해 책임자로서 다시 한번 정중히 사과드리겠습니다."

강 선생이 김강한을 향해 가볍게 허리까지 숙여 보이며 재차 사과를 한다.

"괜찮습니다. 별일도 아닌데요, 뭘."

김강한이 털털하게 받자 강 선생이 이번에는 또 슬쩍 관심을 표한다.

"조 대표님께선 미국에서 사업을 하신다니… 혹시 어떤 분야의 사업인지요?"

"뭐, 특별히 어떤 분야랄 건 없고……."

말끝을 흐린 김강한이 힐끗 케이를 한번 돌아본다. 그러곤 마뜩하지 않다는 표정이 되며 덧붙인다.

"그냥 가볍게 게임이나 즐기러 왔을 뿐인데, 사업 얘기까지 할 건 아니지 않나요?"

강 선생의 얼굴로 설핏 당황이 스친다. 그러나 이내 추스르며 그가 너털웃음으로 받는다.

"허허허! 그렇군요. 실례가 되었다면 용서를 바랍니다. 그렇지만……."

강 선생이 슬쩍 김강한의 눈치를 살피고 나서 다시 잇는다.

"업장의 운영을 책임지고 있는 입장에서 고객의 불만 사항을 허투루 넘길 수는 없는 일이라 한 가지만 고견을 좀 구하도록 하겠습니다."

그러는 데야 김강한이 또 내키지는 않지만 어쩔 수 없겠다는 투로 받는다.

"말씀해 보십시오."

"아까 듣자니 저희 포커 게임의 판이 잘아서 재미가 없다는 말씀을 하셨다고……."

"예. 사실 좀 그렇더라고요."

"그럼 혹시… 판을 좀 키워보는 건 어떻겠습니까?"

그 말에는 김강한이 설핏 흥미를 비친다.

"판을 키운다고요? 얼마나요?"

강 선생이 빙그레 웃으며 받는다.

"그거야 뭐, 조 대표께서 충분히 흥미를 가지실 만큼 얼마든지 가능합니다."

"그래요? 흥미로운 말씀이네요."

"흥미로우시다니, 게임을 좀 더 해보실 의향도 있겠군요?"

그 물음에는 김강한이 즉답을 하지 않고 싱긋 웃기만 한다. 강 선생 또한 빙그레 웃음을 떠올리며 말을 잇는다.

"이렇게 되니 저도 궁금해지는군요. 음, 만약에 판을 키운다면 조 대표께서는 과연 얼마나 크게 키울 수 있으시겠습니까?"

김강한이 피식 실소하고 나서 덤덤한 투로 받는다.

"저 역시 그쪽에서 충분히 흥미를 가지실 만큼 얼마든지요."

순간 강 선생의 눈빛이 깊숙하게 가라앉는다.

한쪽이 오링 날 때까지 끝장 승부! 콜?

"하하하!"

흔쾌하다는 듯이 웃음을 터뜨린 강 선생이 짐짓 어깨를 으쓱해 보이며 말을 덧붙인다.

"역시 사업하시는 분답게 말씀도 호탕하게 하시는군요. 좋습니다. 그럼 각자의 게임 머니로 한… 10억 정도는 어떠신지요? 너무 센가요?"

김강한에게 '게임을 좀 더 해볼 의향'이 있는 걸로 기정사실화하려는 의도일 텐데, 어쨌거나 그 말에 대해 주변에 있던 몇몇이 놀라는 기색이 된다. 그러나 정작 김강한은 실망스럽다는 표정을 굳이 감추지 않은 채로 시큰둥하게 받는다.

"그 정도로는 별로 흥미롭지가 않은데요?"

강 선생의 눈빛이 다시금 희미하게 빛을 낸다.

"흥미롭지가 않으시다?"

혼잣말처럼 중얼거린 강 선생이 잠시 틈을 두고 나서 조금쯤은 조심스럽다는 듯한 투로 다시 말을 꺼낸다.

"그럼 50억 정도는… 어떠실까요?"

그러나 김강한이 여전히 표정 없이 있다가는 불쑥 뱉는다.

"100억!"

"아!"

주변의 누군가가 이윽고는 탄성인지 탄식인지 모를 억눌린 소리를 뱉어내고야 만다. 강 선생이 차분하게 김강한을 응시한다. 마치 그의 속마음을 샅샅이 훑어보려는 듯하다. 김강한이 그 응시를 담담히 받아들이고 있다가는 싱긋 웃으며 다시 말을 보탠다.

"깔끔하게 현금 박치기! 그리고 한쪽이 오링 날 때까지 끝장 승부! 콜?"

응하지 않을 이유는 없다

강 선생의 눈빛이 더욱 깊숙해진다. 그리고 그의 시선은 천천히 조 대표의 곁을 지키고 있는 케이에게로 옮겨 간다.

케이의 눈빛에 흥미로움이 떠올라 있다. 전혀 다듬어지지 않은 날것 그대로의 흥미로움이다. 그것은 곧 케이가 적어도 조 대표에 대해서 걱정을 하고 있지는 않다는 것이리라. 그가 누구인지 누구보다 잘 알고 있는 케이가 지금 조 대표의 사뭇 무모하다고 해야만 할 객기에 대해서 그저 흥미롭다는 느낌뿐이다?

그렇다면 적어도 한 가지는 분명하다. 지금 이 상황에 어떤 기획이 개입된 것은 아니라는 사실. 더욱이 이곳은 전적으로 그의 통제하에 있는 장소이다.

강 선생의 시선이 다시 조 대표에게로 옮겨 간다. 그리고 조 대표의 눈빛에 점차로 번져가고 있는 열기를 확인하면서 그의 확신은 더욱 굳어진다.

'응하지 않을 이유는 없다!'

확인시켜 줄 수 있소?

"일단 내가 조 대표의 그 콜에 응하고 나면 그땐 서로가 뱉은 말에 대해 책임을 져야 할 거요. 그러니 만약 객쩍은 장난을 하자는 거라면 이쯤에서 그만두는 게 좋소."

강 선생의 말투가 조금쯤 바뀌었다. 더하여 차라리 차갑다는 느낌이 들 정도로 차분한 목소리다.

"사업하는 사람은 베팅을 좋아하지 장난을 좋아하지는 않죠."

김강한의 목소리는 조금쯤 들뜬 듯하다. 강 선생이 입가에 희미한 미소를 드리우며 다시 묻는다.

"현금 박치기라고 했소?"

"예."

"그럼 확인시켜 줄 수 있소?"

"물론."

간단히 고개를 끄덕인 김강한이 휴대폰을 꺼내 쌍피에게 건넨다. 그것을 쌍피가 잠시 빠르게 조작을 하고 나서 다시 김강한에게 건넨다.

액정에 화면 하나가 떠 있다. 김강한이 잠시 확인하면서 가볍게 미간을 좁히지만, 이내 강 선생의 눈앞에다 화면을 대준다.

강 선생의 두 눈이 설핏 커진다. 화면에 떠 있는 것은 모 시중 은행의 계좌 관리 화면이다. 그리고 계좌 잔고 란에 제법 긴 숫자가 찍혀 있다.

[100,400,000,000]

그쪽에서 받아줄 수만 있다면

"혹시… 여전히 판이 좀 작다고 생각하지는 않는지……?"

강 선생이 애써 담담한 투로 물은 데 대해서는 김강한이 차라리 반색을 한다.

"좀 그렇기는 하네요. 어차피 여윳돈을 넣어두는 계좌이니 저야 뭐 기왕 노는 거, 깔끔하게 전부 다 걸고 재미있게 한판 놀면 좋지요. 그쪽에서 받아줄 수만 있다면 말이죠."

"꿀꺽!"

마른침을 삼키며 강 선생의 목젖이 가볍게 꿈틀한다.

"그러시다면, 음, 잠시만 좀 기다려 주시겠소? 일단 우리 쪽에서 지금 보유하고 있는 현금 사정이 어떻게 되는지 확인을 한번 해보도록 할 테니……"

김강한의 표정이 활짝 핀다. 이어 그가 엄지와 검지를 둥글게 말아 보이며 말을 받는다.

"오케이! 좋습니다. 얼마든지 기다리죠."

김강한의 그런 모습이 차라리 철없게 보이는지 케이가 슬쩍 고개를 돌리고 만다. 강 선생이 가벼운 웃음기를 떠올리고는 그 표정을 숨기기라도 하듯이 얼른 걸음을 재촉한다.

단순 명쾌

"마침 거래처에 결재 예정된 것들이 있어서 1,000억까지는 가능하겠다고 하는데, 어떻게……?"

이윽고 돌아온 강 선생이 짐짓 말끝을 늘인다.

"그럼 1,000으로 하죠. 콜?"

김강한의 반응이 단순 명쾌하다.

"각자 수표 한 장으로 준비하는 걸로 합시다."

재빨리 받는 강 선생의 목소리가 사뭇 사무적인 느낌으로 변한다. 김강한이 즉답하는 대신에 쌍피를 향해 묻는다.

"오케이?"

쌍피의 고개가 망설임도 없이 가볍게 끄덕여진다. 김강한에 비해 전혀 못하지 않게 단순 명쾌하다.

"오케이. 된다고 하네요."

확인해 주는 김강한의 목소리가 밝다. 그런 데서 그는 벌써 부터 한판의 거대한 승부가 주는 짜릿함에 빠져든 듯하다.

단순 명쾌할 수 있는 액수

김강한 측의 1,000억짜리 수표는 두 사람이 가지고 왔다. 그중 하나는 중산이고, 다른 하나는 김강한으로서도 처음 보는 얼굴이다.

누구냐고 굳이 물어보기는 애매한데, 양측이 서로의 수표에 대해 꼼꼼히 확인에 들어갈 때에야 그 사람의 역할을 짐작해 볼 수 있다. 아마도 수표의 가짜 여부와 위변조를 감별하는 전문가쯤 되리라.

하기야 물경 1,000억짜리다.

김강한과 쌍피에게야 별생각 없이 단순 명쾌할 수 있는 액수
일지 모르겠으나, 이철진으로서는 결코 그럴 수가 없었으리라.

구경하는 눈들이 좀 있어야

"시작하기 전에 장내 정리부터 하도록 하겠소."

강 선생의 말이다. 어느 틈에 주변으로 몰려든 구경꾼들을
물리치겠다는 것일 텐데, 김강한이 가볍게 고개를 가로젓는다.

"뭐, 그럴 필요 있겠습니까? 그냥 두죠. 원래 구경하는 눈들
이 좀 있어야 흥이 나는 체질이라서……."

강 선생이 설핏 미간을 좁힌다. 그러나 이내 표정을 풀며,

"그러시다면야… 알겠소. 그렇게 합시다."

하고 짐짓 흔쾌히 수용한다.

잠시 후, 게임이 벌어질 테이블의 주변으로 간이 펜스가 쳐
지고, 그 바깥쪽을 이십여 명의 안전 요원이 빙 둘러서 지키고
선다. 그러고 다시 그 바깥을 구경꾼들이 겹겹이 에워싸다시
피 하며 희대의 한판이 벌어지기를 고대하고 있다. 아니, 구경
꾼들의 눈은 이미 희대의 구경거리를 만끽하고 있는 중이다.

1,000억짜리 수표 2장, 도합 2,000억의 엄청난 거금이 지금
두꺼운 유리판에 놓이고 다시 그 위에 유리로 된 덮개가 씌워
져 모두의 시선에 공개되어 있는 것이다.

그리고 그것을 지키기 위해 양측에서 한 사람씩이 수표 바

로 가까이에 버티고 섰는데, 그중의 한 사람은 쌍피다.

희대의 한판

딜러가 게임에 사용될 새 카드 한 벌을 테이블 위에 놓자, 케이가 신중하게 카드를 집어 든다. 그리고 한 장 한 장 넘겨 가며 세심하게 점검한다. 그 광경을 잠시 지켜보고 있던 강 선생이 나직이 말을 꺼낸다.

"날 모르는가?"

'내가 카드에 수작 따위나 부릴 사람이 아니라는 건 당신도 잘 알지 않느냐?', 그런 강변이리라.

그러나 케이는 반응하지 않는 채로 카드를 점검하는 일에만 집중한다.

김강한 또한 케이가 하는 바를 덤덤하니 지켜보고만 있다. 확실히 해서 나쁠 건 없을 일이다. 그리고 케이가 맡은 가장 중요한 역할이 바로 그런 것이기도 하고.

1,000억을 맞추기 위해 금액 단위를 크게 높여서 임시로 재설정한 한 무더기씩의 칩이 양측에 배분되고, 이윽고 게임이 시작된다.

판돈 2,000억이 걸린, 어쩌면 도박사의 신기원이 될지도 모를 희대의 한판이다.

초감각적인 무엇

한 판의 게임이 끝나고 딜러가 패를 섞는 걸 보면서 강 선생은 가만히 생각을 정리해 본다. 도박이나 게임이 대개 그렇지만, 포커에서도 이기는 원칙은 아주 간단하다.

'질 패에서는 최소한으로 잃고, 이길 수 있는 패에서는 최대한으로 딴다.'

문제는 자신의 패가 질 패인지, 혹은 이길 수 있는 패인지를 어떻게 아느냐 하는 것이다. 그게 바로 실력이다. 그렇다. 결국은 실력이다. 초반 몇 판은 운으로 이길 수도 있지만 판이 거듭될수록, 그리고 판이 커질수록 결국은 실력 차이가 드러나게 마련이다.

'기껏 도박판에서 무슨 실력이냐고? 속임수면 몰라도?'

아니다. 어느 정도 수준을 넘어선 고수들의 세계에선 진짜 실력이 존재한다. 누군가는 포커 게임을 확률과 수학의 게임이라고 한다. 최근에는 인공지능이 세계적인 포커의 고수들을 꺾었다는 얘기도 있지 않은가? 그도 전적으로 동의한다. 주어진 상황에 따른 경우의 수와 확률에 대한 신속하고도 치밀한 계산 능력이 절대적이란 걸.

그의 경우에는 아마도 약간의 타고난 재능에다 치열한 실전 경험이 더해지면서 어떤 확률적이고 수학적인 판단의 근거가 만들어진 것 같다. 포커 게임에서 처음에 배부되는 카드 3장을 받고 또 다른 사람의 오픈 카드를 보면 그는 누가 이길 지를 거의 정확하게 알 수 있다. 웬만한 고수가 아니고는 실소를 머금을 얘기겠지만, 과장 없이 있는 그대로의 사실이다. 물론 경우의 수와 확률에 대한 계산 능력 외에도 돌아가는 판세에 대한 예리한 통찰력과 냉철하고도 노련한 게임 운영 능력이 더해진다는 전제하에서다.

그러나 그에게는 그것들 외에도 그것들을 초월하는 무언가가 한 가지 더 있다.

게임의 승부를 결정짓는 순간에 발휘되는 초감각적인 무엇, 바로 그것이다.

구체적으로 설명하기는 어려운 부분이지만, 그런 게 분명히 있다. 지금까지 겪어온 수많은 승부 중에서, 특히 절체절명이랄 수 있는 몇 번의 큰 게임에서 그는 그런 경험을 했고, 덕분에 그 게임에서 이길 수 있었다. 그럼으로써 그 '초감각적인 무엇'은 우연이나 행운이 아니라 그가 진정 신뢰하는 진짜 실력이다. 또한 그럼으로써 그는 지금까지 누구에게도 져본 적이 없다. 적어도 그가 이기고자 작정한 진짜 승부에서는.

아직 본격적인 승부를 시작하지 않았다

또 한 게임을 끝내고 강 선생은 가만히 미간을 좁힌다. 돌아가는 판세에서 조금 이상하다는 느낌을 받은 때문이다. 그로서도 잘 수긍이 가지 않는, 혹은 개운치가 않은 무언가가 있다.

상대의 베팅 정확도가 너무 높다. 단순히 운이 좋다고 하기에는 지나치리만치. 베팅의 운영을 잘한다기보다는 폴드와 레이즈의 판단이 그렇다. 서로의 패가 적당한 것 같아서 그가 판을 좀 키우려 하면 상대는 쉽게 폴드를 해버린다. 그런데 그 판은 그의 판단에도 결국 그가 이기게 되어 있는 판이다. 그런가 하면 서로의 패가 엇비슷할 때 그가 슬쩍 블러핑(bluffing), 즉 소위 '뻥끼'를 치면 상대는 또 의외로 굳건하게 레이즈를 견지한다. 그런데 그 판에서 상대의 패는 그의 블러핑을 간단히 받아칠 만큼 결코 우세하지가 않다.

그러나 전반적인 관점에서 보자면 상대는 사뭇 아마추어적인 면모를 보이고 있다. 가장 두드러지게는 판세의 변화가 생길 때마다 그 표시를 고스란히 드러내고 있다. 자신의 패가 좋을 때와 나쁠 때를 거의 숨기지 못한다. 심지어 그가 몇 번의 블러핑을 시도할 때마다 눈빛이 흔들리는 모습을 보여주고 있다. 그가 상대의 지나치리만치 높은 베팅의 정확도에 경계심을 가지지 않았다면 그런 아마추어적인 마인드와 배포로 어떻게 이런 엄청난 승부를 벌일 엄두를 냈을까 어이가 없을 노릇이다.

'상대는 과연 스스로의 감정을 숨기지 못하는 걸까, 아니면 굳이 숨기지 않는 걸까?'

당연히 그런 의심이 들기도 한다. 그러나 그는 아직 본격적인 승부를 시작하지 않았다. 그저 평탄하게 게임을 운영하고 있는 중이다.

완벽한 승부의 순간이 오기를 기다리며

판은 점점 지루해지고 있다.

조금 따고 조금 잃는 게임의 연속이다.

아무리 엄청난 거금이 걸린 게임이라고 해도 이런 패턴이라면 긴장감이 없다.

조 대표의 얼굴에서도 지루한 느낌이 가감 없이 드러나고 있다. 그러나 강 선생은 전혀 흔들림 없는 평정을 유지하고 있다. 완벽한 승부의 순간이 오기를 기다리며.

결국은 한 판이다. 상대도 나도 최고의 패가 들어오고, 그래서 무제한의 베팅으로 모든 것을 결정짓는 최후의 한 판.

『강한 금강불괴되다』 5권에 계속…

초대형 24시 만화방

신간 100%, 샤워실, 흡연실, 수면실(침대석), 커플석, 세탁기 완비

▪ 광명 광명사거리역점 ▪

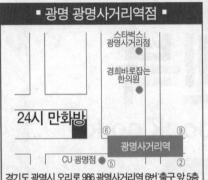

경기도 광명시 오리로 986 광명사거리역 6번 출구 앞 5층
02) 2625-9940 (솔목타워 5층)

▪ 강북 노원역점 ▪

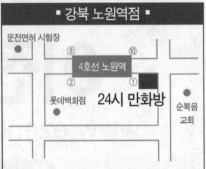

서울 노원구 상계동 340-6 노원역 1번 출구 앞 3층
02) 951-8324 (화용빌딩 3층)

▪ 일산 정발산역점 ▪

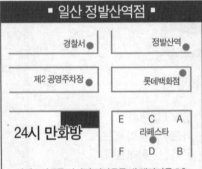

라페스타 E동 건너편 먹자골목 내 객잔건물 5층
031) 914-1957

▪ 일산 화정역점 ▪

경기도 고양시 덕양구 화정동 984번지 서일빌딩 7층
031) 979-4874 (서일사우나 건물 7층)

▪ 부천 역곡역점 ▪

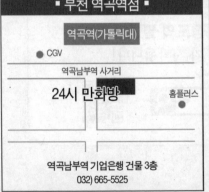

역곡남부역 기업은행 건물 3층
032) 665-5525

▪ 부평역점 ▪

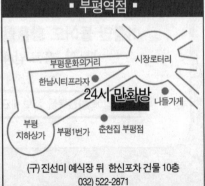

(구)진선미 예식장 뒤 한신포차 건물 10층
032) 522-2871

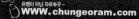

너의 옷이 보여

킹묵 현대 판타지 소설
MODERN FANTASTIC STORY

꿈을 안고 입학한 디자인 스쿨에서
낙제의 전설을 쓴 우진.
실망한 채 고국으로 돌아오기 직전 교통사고를 당하고,
아무것도 보이지 않던 왼쪽 눈에
무언가가 보이기 시작한다.

그것도 어딘가 이상하게.

오직 그 사람만을 위한 세상에 단 한 벌뿐인 옷.
옷이 아닌 인생을 디자인하라!

디자이너 우진, 패션계에 한 획을 긋다!

Book Publishing CHUNGEORAM

유행이 아닌 자유추구 -
WWW.chungeoram.com

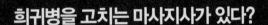

MODERN FANTASTIC STORY

강준현 현대 판타지 소설

주무르면
다고침

희귀병을 고치는 마사지사가 있다?

트라우마를 겪은 후 내리막길을 걸어온 한두삼.
그는 모든 걸 포기하고 고향으로 향하게 된다.
그리고 그곳에서 특별한 능력을 얻게 되는데⋯⋯.

"도대체 나한테 무슨 일이 생긴 거지?"

한두삼,
신비한 능력으로 인생이 뒤바뀌다!

Book Publishing CHUNGEORAM

유행이 아닌 자유추구 -
WWW.chungeoram.com

유치원 편식 교정 요리사로 희망이 절벽인 삶을 살던
3류 출장 요리사.
압사 직전의 일상에 일대 행운이 찾아왔다.

[인류 운명 시스템으로부터 인생 반전 특별 수혜자로 당첨되었습니다.]
[운명 수정의 기회를 드립니다.]
[현자급 세 전생이 이룬 업적에서 권능을 부여합니다.]
-요리 시조의 전생으로부터 서른세 가지 신성수와 필살기 권능을 공유합니다.
-원조 대령숙수의 전생으로부터 식재료 선별과 뼈, 씨 제거법 권능을 공유합니다.
-조선 후기 명의의 전생으로부터 식치와 체질 리딩의 권능을 공유합니다.

동의보감 서른세 가지 신성수를 앞세워
요리의 역사를 다시 쓰는 약선요리왕.
천하진미인가, 천하명약인가? 치명적 클래스의 셰프가 왔다!

Book Publishing CHUNGEORAM

실명 무사

김문형 新무협 판타지 소설

FANTASTIC ORIENTAL HEROES

**망자가 우글거리는 지하 감옥에서
깨어난 백면서생 무명(無名).**

그런데, 자신의 이름과 과거가 기억나지 않는다?
잃어버린 기억을 되찾기 위해 망자 멸절 계획의 일원이 되는 무명.

**망자 무리는 죽음의 기운을 풍기며
점차 중원을 잠식해 들어가는데……!**

"나는 황궁에 남아서 내가 누구인지 알아낼 것이오."

**중원 천하를 지키기 위한
무명의 싸움이 드디어 시작된다!**